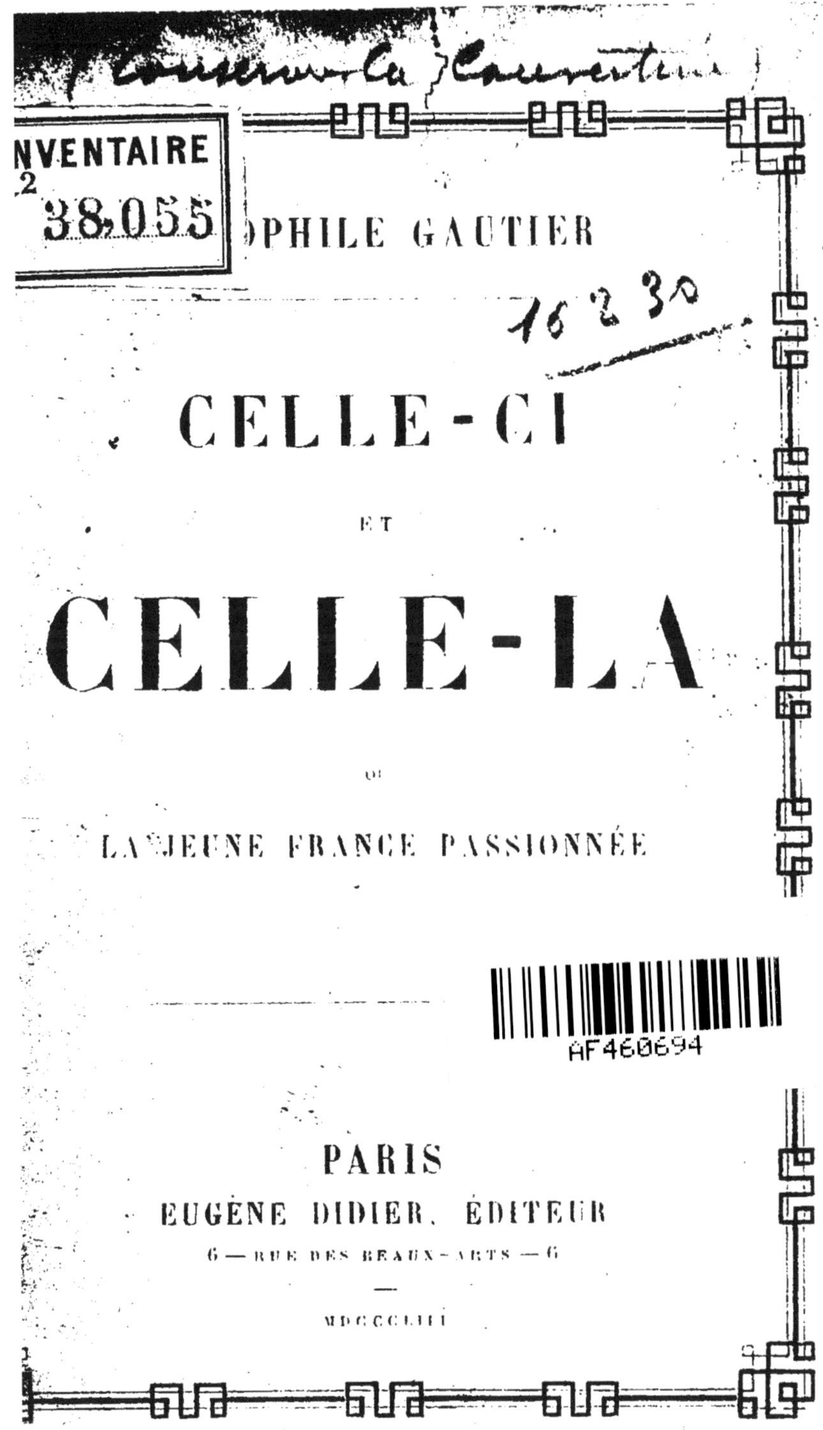

…OPHILE GAUTIER

CELLE-CI

ET

CELLE-LA

OU

LA JEUNE FRANCE PASSIONNÉE

PARIS
EUGÈNE DIDIER, ÉDITEUR
6 — RUE DES BEAUX-ARTS — 6

MDCCCLIII

CELLE-CI

ET

CELLE-LA

ÉDITIONS DIAMANT A 1 FR. LE VOLUME.

Les Maîtresses à Paris, par Léon Gozlan

Midi à Quatorze heures

PAR ALPHONSE KARR.

Émaux et Camées, par Théophile Gautier

La Vertu de Rosine

ROMAN PHILOSOPHIQUE, PAR ARSÈNE HOUSSAYE.

Mademoiselle Mimi Pinson

PAR ALFRED DE MUSSET.

SOUS PRESSE

Les Femmes, par Alphonse Karr

Un Voyage de désagréments à Londres

PAR JULES LECOMTE.

PARIS. — IMP. SIMON RAÇON ET Cie, RUE D'ERFURTH, 1.

THÉOPHILE GAUTIER

CELLE-CI
ET
CELLE-LA

PARIS
EUGÈNE DIDIER, ÉDITEUR,
6, Rue des Beaux-Arts.

MDCCCLIII

CELLE-CI ET CELLE-LA

OU LE

JEUNE-FRANCE PASSIONNÉ.

Le 31 août, à midi moins cinq, Rodolphe, plus matineux que de coutume, se jeta en bas de son lit, et alla se planter tout d'abord devant la glace de la cheminée, pour voir s'il n'aurait pas, d'aventure, changé de physionomie en dormant, et pour se constater à lui-même qu'il n'était pas un autre, cérémonie préliminaire à laquelle il ne manquait jamais, et sans quoi il n'aurait pu vivre convenablement sa journée. S'étant assuré qu'il était bien le Rodolphe de la veille, qu'il n'avait que deux yeux ou à peu près selon son habitude, que son nez était à sa place ordinaire, qu'il ne lui était pas poussé de cornes pendant son sommeil, il se sentit soulagé d'un grand poids, et entra dans une merveilleuse sérénité d'esprit. Du miroir, ses yeux se portèrent par hasard sur un almanach accroché à un clou doré au long de la boiserie, et il vit, ce qui le surprit fort, car c'était le personnage le moins chronologique qui fût au monde, que c'était précisément le jour de sa naissance, et qu'il avait vingt et un ans. De l'almanach, son regard tomba sur un rouleau de papier tout humide, tacheté d'encre et bosselé de caractères informes : c'était la dernière feuille d'un grand poëme qu'il avait sous presse, et qui devait immanquablement faire reluire son nom entre les plus beaux noms.

Rodolphe, à cette triple découverte, se prit à réfléchir fort profondément.

Il résultait de tout ceci qu'il avait de grands cheveux noirs, des yeux longs et mélancoliques, un teint pâle, un front assez vaste et une petite moustache, qui ne demandait qu'à devenir grande, un physique complet de jeune premier byronien.

Qu'il était majeur, c'est-à-dire qu'il avait le droit de faire des lettres de change, d'être mis à Sainte-Pélagie, d'être guillotiné comme une grande personne, outre le glorieux privilége d'être garde national et César à cinq sous par jour, s'il attrapait un mauvais numéro.

Qu'il était poëte, puisque environ trois mille lignes rimées par lui allaient paraître sur papier satiné, avec une belle couverture jaune et une vignette inintelligible. Ces trois choses établies, Rodolphe sonna et se fit apporter à déjeuner : il mangea fort bien.

Après qu'il eut fini, il baissa le store de sa fenêtre, se fit une cigarette et se renversa dans sa causeuse tout en suivant en l'air la blonde fumée du Maryland. Il pensait qu'il était beau garçon, majeur et poëte, et, de ces trois pensées, une pensée unique surgit victorieusement comme une conséquence forcée, c'est qu'il lui fallait une passion, non une passion épicière et bourgeoise, mais une passion d'artiste, une passion volcanique et échevelée, qu'il ne lui manquait que cela pour compléter sa tournure, et le poser dans le monde sur un pied convenable.

Ce n'est pas tout que d'avoir une passion, encore faut-il qu'elle ait un prétexte quelconque. Rodolphe résolut que la femme qu'il aimerait serait exclusivement Espagnole ou Italienne, les Anglaises, Françaises et Allemandes étant infiniment trop froides pour fournir un motif de passion poétique. D'ailleurs, il avait en mémoire l'invective de Byron contre les pâles filles du Nord, et il se serait bien gardé d'adorer ce que le maître avait formellement anathématisé.

Il décida que sa future maitresse serait verte comme un citron, qu'elle aurait le sourcil arqué d'une manière aussi féroce que possible, les paupières orientales, le nez hébraïque, la bouche mince et fière, et les cheveux assortis à la couleur de la peau.

Le patron taillé, il ne s'agissait plus que trouver une femme qui s'y ajustât. Rodolphe pensa judicieusement que ce ne serait pas dans sa chambre qu'il la rencontrerait. Aussi il choisit le plus extravagant de ses gilets, le plus fashionable et le plus osé de tous ses habits, le plus collant de ses pantalons, il revêtit le tout, et, armé d'un lorgnon et d'une badine, il descendit dans la rue et s'en alla aux Tuileries dans l'espoir de quelque rencontre heureuse et propre à son destin.

Il faisait le plus magnifique temps du monde, à peine quelques nuages floconneux se bouclaient-ils dans le bleu du ciel au gré d'une brise chaude et parfumée; le pavé était blanc, et la rivière miroitait au soleil; il y avait foule dans la grande allée et dans les contre-allées; le ruisseau d'élégantes et de dandys avait peine à couler entre les deux quais de chaises et de spectateurs. Rodolphe se mêla à la cohue, et ajouta un flot de plus au torrent.

Il s'en allait coudoyant ses voisins de droite et de gauche, fourrant sa tête sous le chapeau des femmes, et les regardant entre les deux yeux avec son binocle. Il s'élevait sur son passage une longue traînée de malédictions et de prenez donc garde, entrecoupés çà et là du oh ! admiratif de quelque merveilleux pour son gilet et sa cravate : mais, entièrement à son idée, Rodolphe ne faisait guère plus d'attention aux éloges qu'aux injures, et, à chaque visage rose et frais encadré dans le satin et la moire, il se reculait comme s'il eût vu le diable en personne.

Ce n'est pas qu'il ne rencontrât quelques figures pâles et décolorées ; mais c'était des pâleurs de cire, des pâleurs de fatigue et d'excès, ou bien des transparences de nacre de perle, des diaphanéités de blondes et de poitrinaires, mais non pas la pâleur mate et chaude, le beau ton méridional dont il s'était fait une loi d'être épris. Ayant parcouru trois ou quatre fois la longueur de l'allée, et cela sans succès, il se préparait à sortir quand il se sentit prendre le bras. C'était son camarade Albert : ils sortirent ensemble et s'en furent dîner.

Les passions dévorantes qui bouillonnaient dans son sein lui avaient aiguisé l'appétit, il mangea encore mieux qu'à son déjeuner, et se grisa très-confortablement ainsi que son honorable ami.

Le dîner achevé, nos deux drôles s'en furent à l'Opéra.

Rodolphe, quoique passablement aviné, ne perdait pas son idée de vue ; un secret pressentiment lui chantait tout bas à l'oreille qu'il trouverait là ce qu'il cherchait. Quand il entra dans la salle, on jouait l'ouverture. Un torrent d'harmonie, de lumière et de vapeur chaude l'enveloppa soudain et le prit aux jambes. Le théâtre oscilla deux ou trois fois devant ses yeux; les tibias lui flageolaient d'une étrange manière; le lustre, dardant dans ses prunelles de longues houppes filandreuses de rayons prismatiques, le forçait à cligner ses paupières; la rampe, s'interposant comme une herse de feu entre les acteurs et lui, ne les lui laissait voir que comme des apparitions effrayantes; la tête lui tintait comme si un démon invisible lui eût frappé avec un marteau les parois internes du crâne, et il apercevait vaguement les notes de musique sous la forme de scarabées de diverses couleurs, voltigeant et sautelant par la salle, le long des cintres et des corniches, et rendant un son clair lorsqu'elles frappaient le mur de leurs élytres, à peu près comme les hannetons lâchés dans une chambre, qui fouettent les carreaux de leurs ailes, et se vont cogner au plafond avec un tintamarre horrible.

Rodolphe, qui avait soutenu plus d'un duel avec l'ivresse, ne se déconcerta pas pour si peu, il prit bravement son parti : il boutonna son frac jusqu'au cou, remonta sa cravate, prit sa badine entre ses dents, enfonça ses deux mains dans ses goussets, écarquilla les yeux pour ne pas s'endormir, et fit la contenance la plus héroïque du monde.

Peu à peu les fumées du vin se dissipèrent ; et, prenant la lorgnette des mains de son ami, qui ronflait théologalement, et dont la tête allait et venait comme un balancier de pendule, l'intrépide Rodolphe se mit à regarder la salle de haut en bas et de bas en haut, et à chercher dans ce triple cordon de femmes de tout âge et de toute condition la reine future de son cœur.

La lumière du gaz et des bougies glissait sur les épaules satinées et lustrées par leur mille reflets, les yeux papillotaient bleus ou noirs. Rodolphe ne poussait pas l'inspection plus loin, et il passait à une autre femme quand il apercevait la moindre teinte d'azur dans une prunelle ; les gorges demi-nues se modelaient hardiment sous les blondes et sous les diamants, les petites mains gantées de blanc, et agitant des cassolettes émaillées, se posaient avec coquetterie sur le rebord rouge des loges. La soie, le velours, les chairs blondes et argentées, tout cela chatoyait et resplendissait étrangement ; mais, parmi toutes ces têtes calmes et animées, belles ou jolies, parmi tous ces minois chiffonnés ou spirituels, le malheureux et passionné Rodolphe ne découvrait pas son idéal. Il en avait bien trouvé çà et là quelques morceaux disséminés dans plusieurs femmes : un œil dans celle-ci, la bouche dans celle-là, les cheveux dans cette autre, le teint dans une quatrième, mais jamais tout cela ensemble, en sorte qu'il eût été obligé d'avoir au moins dix femmes à adorer partiellement pour compléter tout à fait le romantique patron qu'il s'était taillé. Ce n'est pas que cela lui eût déplu au fond, car il était un peu Turc sous ce rapport, et la polygamie, je ne sais trop pourquoi, ne lui paraissait pas un crime aussi abominable qu'il le paraît à nos platoniques dames françaises.

Rodolphe était sur le point de croire que son pressentiment lui avait menti lorsque la porte d'une loge s'ouvrit tout à coup, et donna d'abord passage à une bénigne et insignifiante figure qui ne pouvait être que la figure d'un mari, et ensuite à une dame vêtue d'une robe de velours noir et très-décolletée, qui ne pouvait être que sa femme légitime par-devant le maire et le curé. Elle s'assit, mais de façon à tourner le dos à Rodolphe, qui n'avait pu voir si la beauté de ses traits répondait à celle de ses épaules.

Cette épaule était blanche, mais légèrement teintée de demi-tons olivâtres qui allaient augmentant d'intensité à mesure qu'ils se rapprochaient de la nuque ; elle était grasse et potelée, mais laissait apercevoir sous la chair une musculature souple et forte à la manière des épaules italiennes.

Rodolphe était dans une anxiété terrible et se mourait de peur qu'elle ne détruisit, en se retournant, les belles illusions qu'il commençait à se bâtir; cependant il aurait donné plus d'argent qu'il n'en possédait pour qu'elle changeât de position.

Enfin, elle fit un léger mouvement : sa tête commença à tourner avec lenteur sur son corps immobile; ces trois beaux plis, nommés collier de Vénus, et si stupidement supprimés par nos peintres, se dessinèrent plus fortement sur son cou frais et brun; la tempe, la pommette de sa joue et son menton de forme antique, se montrèrent peu à peu, de façon à produire cette espèce de profil appelé profil perdu, que les grands maîtres, et surtout Raphaël, affectionnent particulièrement : mais, je n'en sais la raison, elle n'acheva pas le demi-tour qu'elle semblait vouloir faire, et elle demeura ainsi, au grand dépit de Rodolphe, toujours plongé dans la plus terrible incertitude.

Certainement, ce qu'il voyait était beau et tout à fait dans le caractère qu'il désirait : mais il ne voyait ni le nez, ni les yeux, ni la bouche, peut-être avait-elle le nez rouge, les yeux bleus et la bouche blanche. Il se penchait sur le balcon à tomber dans le parterre pour en découvrir davantage, impossible; et, dans son désespoir, il invoquait tous les saints du paradis.

Sa prière fut suivie d'effet : la dame se retourna tout d'un coup. Rodolphe se trouva enlevé au septième ciel, comme si un machiniste de l'Opéra l'eût hissé au bout d'une ficelle. C'était la réalité de son idéal.

Elle était bien comme il l'avait rêvée : un sourcil arabe, noir et fin, à paraître dessiné au pinceau, couronnait dignement un bel œil brun et humide : le nez, aux narines ouvertes et vermeilles, était de la plus parfaite correction ; la bouche, d'une couleur et d'une forme irréprochables, également propre à décocher un sarcasme et à appuyer un baiser.

Quant au teint, il était chaud et vivace, un peu jaune et bistré, mais clair et transparent comme celui de la belle Romaine d'Ingres ; c'était incontestablement un teint d'Espagnole ou d'Italienne, et, si la passion n'habitait pas sous cette peau olivâtre et dans ces beaux yeux noirs, c'est qu'il n'y en avait plus en ce monde, et qu'il fallait l'aller chercher dans l'autre.

Une seule chose contrariait Rodolphe, c'était le mari avec sa bonne et honnête figure. Il l'aurait souhaité tout différent ; car il n'avait guère le physique d'un mari comme il les faut dans les drames. Il avait des favoris soigneusement taillés, le haut de la tête un peu chauve, une belle cravate blanche pas trop mal mise, ma foi, pour un mari qui n'est qu'avec sa femme, des gants pas trop larges et un gilet d'une coupe assez nouvelle. Il n'avait rien d'Othello ni de Georges Dandin, il n'avait l'air ni ridicule ni terrible, il était aussi parfaitement incapable de se battre en duel avec l'amant de sa femme que de la faire citer devant les tribunaux; il gardait dans ces occasions-là le silence le plus philosophique. A dire vrai, il n'y faisait pas grande attention, et ses lunettes bleues ne lui servaient pas à voir plus clair dans ces sortes de choses; c'était un mari convenable et sachant le monde. Je souhaite que vous en puissiez trouver un pareil pour mademoiselle votre fille, si Dieu vous en a affligée d'une.

Rodolphe comprit, à la première vue, que le drame n'était pas possible de ce côté-là; mais il croyait s'en dédommager amplement du côté de la femme. Nous verrons.

Cependant son ami Albert dormait comme un chantre à matines.

Rodolphe découpa soigneusement la silhouette de la belle inconnue, avec ses yeux aidés de sa lorgnette, et la serra dans un coin de son cœur, afin de la pouvoir reconnaître en tous les lieux du monde.

Cela fait, il rêva au moyen de lier connaissance avec elle, d'apprendre qui elle était, et comment on y pouvait arriver.

Il roula dans sa tête une infinité de projets, tous plus passionnés les uns que les autres.

Il résolut d'abord de se présenter à la princesse comme les héros des romans espagnols, en tuant quelque taureau furieux ;

Ou comme Antony, en se jetant au-devant des chevaux de sa voiture ;

Ou comme don Cléofas en la sauvant d'un incendie ; mais une seule condition rendait ces projets inexécutables, c'était l'impossibilité d'une pareille circonstance : il est vrai qu'on pouvait la faire naître soi-même en mettant le feu à la maison, ainsi que Lovelace dans Clarisse Harlowe ; mais cela était fort chanceux, les pompiers pouvant très-bien se charger de l'affaire, et le Code civil ne badinant pas avec ces sortes de choses, et n'entendant rien du tout aux développements de la passion.

Il était donc singulièrement perplexe : la fin de la représentation approchant, il fallait prendre un parti quelconque, ou courir le risque de ne jamais revoir sa divinité.

Il donna un grand coup de coude dans les côtes d'Albert. — Ouf ! fit douloureusement celui-ci, éveillé au milieu d'un rêve anacréontique.

— Connais-tu cette dame, enragé dormeur ?

Albert était comme Alexandre Dumas, il avait environ quarante mille amis intimes, sans compter les femmes et les petits enfants : cela se sous-entend toujours.

Albert lui répondit sans la regarder et avec un ton de supériorité blessée : Certainement ! Et il se redressa de toute sa hauteur : — C'est la cinquième loge en partant de la colonne, la dame en noir, celle qui lorgne en ce moment-ci ? Bien, j'y suis. Et il cligna à plusieurs reprises ses yeux avinés. Pardieu ! je veux être fendu en quatre si ce n'est madame de M***, la dernière maîtresse de Ferdinand : son mari est un bonhomme.

— Ah ! répondit Rodolphe d'un air de réflexion profonde.

— C'est une femme répandue, et qui voit beaucoup de monde. Il y a très-bonne société chez elle ; son jour est le samedi, continua Albert avec volubilité.

— Tu la connais ?

— Comme je te connais ; je suis un ami de la maison.

— Ainsi, tu me pourrais présenter ?

— Assurément, rien n'est plus facile. Je la verrai demain, je lui parlerai de toi : c'est une affaire faite.

La toile tomba : la salle se vida peu à peu. Les deux amis se prirent le bras et sortirent. Rodolphe vit sous le péristyle madame de M***, qu'Albert salua et à qui elle rendit son salut avec un air de familiarité. Elle était aussi belle de près que de loin, et, quand elle monta en voiture, Rodolphe put apercevoir un pied qu'on aurait trouvé petit dans un bal espagnol, et une jambe comme bien peu pouvaient se vanter d'en avoir.

— Voici un pied d'Andalouse, se dit-il à part lui : ceci est d'une bonne couleur, et ma passion se culotte tout à fait. Je veux perdre mon nom et manquer une première représentation d'Hugo si je ne deviens pas fou de cette femme avant qu'il soit deux jours d'ici.

De retour chez lui, quoiqu'il fût une heure du matin, il se mit à donner du cor à pleins poumons ; il déclama à tue-tête deux ou trois cents vers d'*Hernani*, puis il se déshabilla, jeta son gilet sous la table, et ses bottes au plafond en signe d'allégresse, après quoi il se coucha, et dormit sans débrider jusqu'au lendemain midi.

Dès qu'il fut réveillé, il pensa à la belle madame de M***, sa future passion. Il serait dans l'ordre qu'il en eût rêvé toute la nuit ; c'est ainsi que cela se pratique dans les romans d'amour et les lamentations élégiaques ; mais je dois à ma conscience d'historien d'affirmer le contraire. Rodolphe, cette nuit-là, n'eut qu'un cauchemar abominable, où il se voyait traversant le bois de Boulogne sur une rosse de louage, avec un habit de 1828, un gilet à châle, un pantalon à la Cosaque et une colonne corinthienne pour chapeau; il ne rêva rien de plus, je vous jure. Ah ! si ; il songea encore qu'on lui servait à déjeuner une semelle de botte au beurre d'anchois, avec les clous et les fers, ce qui le mit dans si grande fureur, qu'il se réveilla jurant comme plusieurs charretiers.

Revenant à la rencontre inopinée qu'il avait faite la veille, il se prit à réfléchir que jusque-là sa passion d'artiste s'emmanchait exactement comme aurait pu le faire celle d'un marchand de bougies diaphanes ou même celle d'un député, ce qui l'humilia profondément, et le jeta dans un abattement difficile à décrire.

Il fut presque sur le point de renoncer à celle-là, et d'en chercher une autre ; ensuite il se ravisa, et résolut de pousser l'aventure jusqu'au bout, faisant cette réflexion judicieuse que l'*Iliade* commençait fort simplement, et n'en était pas moins un assez beau poëme ; que *Roméo et Juliette* commençait fort simplement aussi par une conversation entre deux valets, ce qui ne l'empêchait pas d'être une très-passable tragédie.

— Vive Dieu ! se dit-il en se frappant le front, la femme est belle, c'est le principal, et le canevas du drame est bon. Je serais un grand sot, et je mériterais d'entrer à l'Académie sur l'heure, si je ne parvenais à y broder quelques petits incidents un peu byroniens. Si ce garde national de mari pouvait être jaloux seulement, cela serait à merveille, et rien ne serait plus facile que de faire avec cela une comédie de cape et d'épée dans le goût espagnol. Anathème! je suis fatal et maudit. rien ne va comme je veux.

— Hop! Mariette, ouvrez aux chats, et faites-moi à déjeuner.

Mariette, comme une servante-maîtresse qu'elle était, ne se dépêchait pas trop d'obéir ; enfin elle ouvrit, et trois ou quatre chats, de grosseur et de pelage différents, allèrent prendre place sans façon dans le lit, à côté du passionné Rodolphe; car, après les femmes, les bêtes étaient ce qu'il aimait le mieux. Il les aimait comme une vieille fille, comme une dévote dont son confesseur même ne veut plus, et je puis assurer qu'il mettait un chat infiniment au-dessus d'un homme, et immédiatement au-dessous d'une femme. Albert avait essayé en vain de supplanter, dans l'affection de Rodolphe, Tom, son gros matou tigré; il n'avait pu obtenir que la seconde place : je crois même qu'il aurait hésité entre sa petite chatte blanche et la brune madame de M***.

— Mariette! — Monsieur? — Approchez donc. Mariette s'approcha. — Mariette, tu es jolie ce matin. — Je ne l'étais donc pas hier, que vous le remarquez aujourd'hui? — Oh! de l'esprit! je te renverrai si tu t'avises d'en avoir encore. Embrasse-moi. — De qui monsieur est-il amoureux? — De qui? de toi, pardieu! parce que tu es une bonne fille, et, ce qui vaut mieux, une belle fille. Pourquoi cette question? — C'est que vous ne m'embrassez ainsi que lorsque vous avez en tête quelque belle passion : ce n'est pas moi que vous embrassez, c'est l'autre, et j'avoue que je crois pouvoir l'être pour mon compte. — Orgueilleuse! beaucoup de belles dames voudraient être à ta place; que t'importe de n'être pas la cause si tu profites de l'effet? Et Rodolphe fit pencher jusque sur l'oreiller la tête de Mariette. — Je t'assure que ceci est pour toi et non pour une autre, dit-il en étouffant sous ses lèvres le faible : Laissez-moi donc, monsieur, que Mariette crut devoir à sa pudeur, quoiqu'au fond elle n'eût aucune envie d'être laissée.

— Et le déjeuner qui ne se fait pas, et M. Albert qui doit venir, dit Mariette en passant ses doigts dans ses cheveux défrisés. — Tu as raison, fit Rodolphe en décroisant ses bras; et, comme dit don Juan, il faut pourtant bien que l'on s'amende.

Mariette sortit. Adolphe tira une feuille de son carnet, et se mit, poun tuer le temps, à rimer quelques vers. Nous demandons humblement pardon au lecteur de lui voler une douzaine de lignes de prose en les transcrivant ici ; mais cela est indispensable à la clarté de cette intéressante histoire. Ils étaient adressés, cela va sans dire, à madame de M*** :

O reine de mon cœur ! ô brune Italienne !
Quelle beauté peut-on comparer à la tienne ?
On te dirait de marbre et taillée au ciseau,
Si le soleil romain, en te baisant la peau,
Ne t'avait pas dorée avec sa teinte étrange,
Et rendu le sein blond comme la blonde orange.
Une flamme divine illumine tes yeux :
L'ange pour s'y mirer abandonne les cieux,
Et si, dans la cité de douleur éternelle,
Il tombait un rayon de ta noire prunelle,
Il remettrait l'espoir à l'âme des maudits,
Et l'enfer un moment serait le paradis.

Albert entra. — Que diable, que griffonnes-tu là, Rodolphe ? Cela ne va pas jusqu'au bord du papier ; ce doit être des vers, ou le grand diable m'emporte. Donne, que je voie. Rodolphe tendit le carré de vélin comme un enfant tend la main à la férule du maître d'école : car Albert était un impitoyable censeur, et, comme il ne faisait pas de vers, il ne pouvait lui rendre la pareille.

— C'est du cavalier Bernin, frotté d'un peu de Dante ; peut-être y a-t-il aussi un filet de concetti Shakspearien, mais c'est peu de chose. Or, ceci est un madrigal à la Giulia Grisi, ou je me trompe fort.

— Comment! cria Rodolphe d'un ton effrayé, j'ai fait ces vers pour madame de M***, dont je suis éperdument épris depuis hier soir. Je suis décidé à me brûler la cervelle si dans un mois je ne suis pas parvenu à m'en faire adorer.

— En vérité, il n'y a qu'un petit inconvénient, c'est que madame de M*** n'est pas Italienne le moins du monde, attendu qu'elle est née à Château-Thierry, ce qui est, je crois, une raison suffisante pour ne pas l'être.

— Tenez-vous donc tranquille, Tom, et ne sortez pas vos pattes hors de la couverture, c'est indecent. Comment ! cette méchante de madame de M*** qui se permet d'être née à Château-Thierry, et d'avoir l'air plus italien que l'Italie elle-même; c'est tout à fait illégal ! c'est abominable ! Et ma passion donc, et ma pièce de vers, qu'est-ce que j'en vais faire? cela est trop spécial pour que l'on puisse s'en servir ailleurs. Si c'étaient des vers d'âme, cela s'applique à tout le monde, même à celles qui n'en ont pas ; mais il y a un signalement en règle dans ces misérables rimes : un mouchard ou un maire n'aurait pas mieux fait. Diable ! douze vers dantesques et une ébauche de passion perdus, on regarde à cela. Je ne puis pourtant avoir une passion née à Château-Thierry, cela n'a aucune tournure, et ne convient nullement à un artiste.

— Madame de M*** est belle, répliqua dogmatiquement Albert; et, au fond, n'y a-t-il pas plus de mérite à avoir l'air italien étant née en France, qu'en étant tout naïvement Italienne, comme tout le monde l'est en Italie?

— Ceci est excessivement profond, et vaut que l'on y réfléchisse, dit Rodolphe en tirant son bonnet sur ses yeux.

Mariette apporta le déjeuner. Albert s'attabla auprès du lit, et toutes les têtes de chats, comme des girouettes dans le même rhumb de vent, se tournèrent simultanément du même côté. Albert mangea comme une meute de dogues, Rodolphe un peu moins, car il était inquiet du sort de sa pièce de vers, et il distribua presque toute sa viande à ses parasites fourrés.

Après déjeuner, les deux amis, laissant la passion de côté, agitèrent entre eux un plan de gilet sans boutons, et imitant le pourpoint avec autant d'exactitude que la stupidité native des bourgeois de la bonne ville le pouvait permettre, sans trop s'exposer aux huées et aux rires à pleine gueule des polissons et des gobe-mouches.

Rodolphe, entièrement absorbé par cette importante occupation, ne songeait à madame de M*** non plus que lorsqu'il n'était encore que fœtus au respectable ventre de sa mère.

Rodolphe dessinait, Albert découpait les morceaux en papier, afin de les faire mieux comprendre au tailleur.

Quand tous les morceaux furent rassemblés, Albert, saisi d'un enthousiasme subit, s'écria en frappant sur la table :

— Que je rencontre mon plus fier créancier dans un cul-de-sac, dans un impasse, comme dit M. Arouet de Voltaire, gentilhomme du roi, si ce n'est pas là le gilet le plus monumental qui soit sorti d'une cervelle d'homme! Et dire que la société est en dégénérescence! Calomnie atroce! on ne s'est jamais mieux habillé.

— Et si l'on supprimait le collet et qu'on le remplaçât par un hausse-col de même étoffe bouclé par derrière, cela n'aurait-il pas le galbe le plus caractéristique, une tournure de cuirasse et de corselet tout à fait ravissante? ajouta Rodolphe, laissant tomber ses syllabes une à une comme des pièces d'or, et avec un air fortement convaincu de la supériorité de ce qu'il disait.

— Ce serait, à coup sûr, quelque chose de furieusement agréable, fit Albert en quittant le ton dithyrambique pour le jargon précieux. Mais voici qu'il se fait tard : *Adiusias*. Je m'en vais chez le tailleur et de là chez ta passion ; tu auras probablement ta lettre d'invitation avant qu'il soit après-demain. Cela dit, il pirouetta sur ses talons, et descendit l'escalier en chantonnant entre sa royale et ses moustaches un vieux air allemand de Sébastien Bach.

Rodolphe sortit aussi quelques instants après. A voir la manière dont il s'en allait dans la rue, la main dans sa poitrine, les sourcils sur le nez, les coins de sa bouche en fer à cheval, les cheveux aussi mal peignés que possible, il n'était pas difficile de comprendre que ce pâle et malheureux jeune homme avait un volcan dans le cœur. — Monsieur ! monsieur ! vous avez oublié d'ôter votre bonnet de coton, et les polissons crient à la chienlit après vous, dit Mariette en tirant par la basque de son habit son digne maître Rodolphe, qui ne s'en apercevait pas le moins du monde. Tenez, voilà votre chapeau.

Rodolphe, stupéfait, porta la main à sa tête, et reconnut la vérité, l'épouvantable vérité.

A cet instant même, une dame d'une beauté rare et d'une tournure des plus élégantes, donnant le bras à un monsieur, le plus insignifiant et le plus débonnaire d'aspect qu'il vous plaira d'imaginer, tourna subitement le coin de rue, et se trouva précisément en face de Rodolphe.

C'était madame de M***. A l'éclat de rire à peine comprimé qui jaillit de sa bouche, il ne put douter qu'elle ne l'eût vu.

Rodolphe se souhaitait sous la terre à la profondeur de la couche diluvienne, dans le lit calcaire où se trouvaient les os de mammouth ; il aurait bien voulu pouvoir se supprimer temporairement, ou avoir à son doigt l'anneau de Gygès, qui rendait invisible.

Il jeta le pyramidal bonnet à Mariette, et enfonça son chapeau sur sa tête, avec l'air de Manfred sur le bord du glacier, ou de Faust au moment de se donner au diable.

— Ah! massacre et malheur! honte et chaos! tisons d'enfer! anathème et dérision! terre et ciel! tête et sang!

Être rencontré en bonnet de coton par sa Béatrix! O fortune! pouvais-tu jouer un tour plus cruel à un jeune homme dantesque et passionné?

Byron lui-même, qui avait l'ineffable avantage de signer comme Bonaparte, aurait paru ridicule avec un bonnet de coton ; à plus forte raison Rodolphe, qui ne signait pas comme Bonaparte, et qui n'avait fait ni le *Corsaire* ni *Don Juan*. Parce qu'il avait été trop occupé jusqu'à ce jour, et non pour un autre motif, je vous jure.

Un bonnet de coton, le mythe de l'épicier, le symbole du bourgeois, horror! horror! horror!

— Je n'ai plus rien à faire avec ce monde, et il ne reste qu'à mourir, pensa Rodolphe : et il se dirigea vers le pont Royal; quand il y fut arrivé, il s'accouda sur le garde-fou, regarda le soleil, attendit qu'un bateau qui descendait la rivière eût passé l'arche et se fût un peu éloigné. Alors il monta sur le parapet, et, avant que personne eût le temps de s'y opposer, il se jeta en bas avec sa cravache et son chapeau.

Dans le trajet du pont à la surface de l'eau, il eut le temps de penser que le succès de son poëme était assuré par son suicide, et que le libraire en vendrait au moins douze exemplaires. De la surface au fond, il chercha quel motif on donnerait à sa mort dans les journaux; il faisait très-beau; les rayons du soleil, pénétrant la masse d'eau qui roulait au-dessus de lui, la rendaient blonde comme une topaze, et permettaient de distinguer le lit de la rivière tout semé de clous, de tessons et de vaisselle cassée; Rodolphe voyait les goujons filer à côté de lui et frétiller de la queue, il entendait la grande voix de la Seine bourdonner à son oreille; cette réflexion lui vint alors, qu'étant aussi bien fait de sa personne qu'il l'était, il ne pouvait manquer d'être un très-joli cadavre et de produire une grande sensation à la Morgue. Il lui semblait déjà entendre les ah! et les oh! des sensibles commères du quartier. — Il a la peau bien blanche, et cette poitrine et cette jambe d'officier! quel dommage! et autres menues exclamations; ce qui le rendait tout aise au fond de sa rivière. Cependant le manque d'air commençait à lui comprimer les poumons, et à lui causer une douleur abominable ; il n'y tint plus, et, oubliant l'opprobre qu'il y avait à revenir sur une terre où l'on avait été vu en bonnet de coton, il donna du pied contre le fond, et partit avec la rapidité d'une flèche ; le dôme de cristal allait s'éclaircissant de plus en plus ; en deux ou trois mouvements Rodolphe atteignit le niveau du fleuve, et put respirer à son aise.

Une foule immense couvrait les quais : — Le voilà ! le voilà ! cria-t-on de toutes parts. Rodolphe, qui nageait comme une truite et qui aurait remonté une écluse de moulin, se sentant regardé, y mit de l'amour-propre, et se prit à tirer sa coupe avec toute la pureté imaginable. Son chapeau flottait près de sa badine, il les repêcha tous deux, mit le chapeau sur sa tête, et, nageant d'une main, il faisait siffler sa cravache de l'autre, au grand ébahissement de tous les gobe-mouches.

— C'est le marquis de Courtivron, disait celui-ci ; — c'est le colonel Amoros, disait celui-là, qui fait des expériences gymnastiques ; — c'est un farceur, ajoutait un troisième ; — c'est une gageure, criait le quatrième ; mais personne, entre toutes ces brutes qui partagent avec la girafe le privilége de regarder le ciel en face, ne put deviner, ô passionné et magnanime Rodolphe ! pourquoi tu t'étais jeté du pont Royal en bas, et, si quelqu'un d'eux avait su que c'était pour un bonnet de coton, il ne t'aurait pas compris, et aurait dit que tu étais un grand fou, en quoi il aurait eu certainement tort.

Rodolphe, pimpant et guilleret, aborda en quelques minutes; comme il ne pouvait s'en aller ainsi trempé, un officieux alla chercher un fiacre il y monta et rentra chez lui.

Mariette tomba de son haut en le voyant suant l'eau comme un dieu marin. Rodolphe lui expliqua la chose, et Mariette, qui aimait Rodolphe, quoique ce fût son maitre, qu'il la payât fort exactement et lui fît toutes sortes de petits cadeaux, ne rit pas trop fort de sa mésaventure.

— Tenez, voilà vos pantoufles, fit-elle avec un geste amical; voici Tom, votre chat favori; voilà votre volume de Rabelais; que voulez-vous de plus? D'ailleurs, vous n'êtes pas si mal en bonnet de coton que vous voulez bien le croire, et vous en auriez deux ou trois douzaines sur la tête que je ne vous en trouverais pas moins bien, moi.

Mariette appuya très-fort sur le moi. Ce ne pouvait être que dans une excellente intention; Mariette, comme je l'ai déjà dit, était une belle et bonne fille; quant à l'interprétation que donna Rodolphe à cette honnête monosyllabe, mes belles dames, je n'ose vous le dire, de crainte d'alarmer votre pudeur, et, s'il vous plaît, nous passerons dans la pièce à côté pour ne pas le gêner dans ses commentaires; convenez que mon héros est un abominable mauvais sujet, et dites-moi pourquoi chaque élan de passion poétique qui le prend se résout en prose au bénéfice de Mariette.

O Mariette! au lieu d'être jalouse, tu devrais souhaiter que ton maître fût amoureux de vingt femmes, tu ne saurais qu'y gagner.

Le lendemain Mariette, après l'avoir curieusement fait bâiller, remit à son maître une toute petite lettre où les chiffres de madame de M*** étaient estampés au fer froid. Il l'ouvrit avec précipitation : c'était son billet d'invitation. Dans les lacunes de l'impression, remplies par la main de madame de M***, une écriture anglaise, grêle et fluette se penchait paresseusement de gauche à droite, et s'épaulait sans façon contre les lettres moulées. Cette écriture choqua Rodolphe, c'était l'écriture de toutes les femmes possibles, maintenant que toutes les femmes savent écrire et que les cuisinières orthographient épinards sans *h* aspirée. Cette anglaise-là était celle qu'on démontre en vingt-cinq leçons, et qui ne permet pas aux mœurs et aux habitudes de la personne de se reproduire dans ses courbes et ses déliés mathématiques. Richardson, qui a tout observé, fait la remarque que l'écriture de la mutine amie de Clarisse Harlowe était mutine, irrégulière et fantasque comme son esprit, et que les queues de ses *p* et de ses *g* étaient contournés avec une crânerie particulière. Maintenant, il n'aurait rien à reprendre à l'écriture de la capricieuse miss ; car les femmes, après avoir adopté une âme de convention, un esprit et une figure de convention, ont adopté aussi une écriture de convention, en sorte qu'il n'est plus possible de les saisir un seul moment dans le vrai ; elles sont perpétuellement armées de toutes pièces : il y a là-dedans une rouerie machiavélique. Un billet d'amour ainsi écrit peut se perdre sans le moindre risque, on ne le reconnaîtrait qu'à la signature, quand même on serait le mari, et l'on ne signe pas souvent ces sortes de choses, maintenant surtout que l'on n'a guère qu'une maîtresse à la fois. Cependant Rodolphe finit par prendre son parti là-dessus. pensant être amplement dédommagé par le reste.

Le jour de madame de M*** était le samedi, comme le lecteur le sait déjà, et, jusqu'à ce bienheureux jour, notre héros ne laissa aucun repos au tailleur pour l'achèvement de son gilet phénoménal, à qui il voulait faire perdre sa virginité dans le salon de madame de M***. L'instant vint de s'habiller : il déploya et fripa plus de vingt cravates avant de se fixer à une, il mit et ôta tous ses pantalons les uns après les autres sans pouvoir se décider à faire un choix, il arrangea ses cheveux de dix manières différentes, et finit par être costumé d'une façon assez drôlatique. Tous ces préparatifs sentaient le bourgeois d'une lieue à la ronde. Un troisième clerc d'avoué, invité à une soirée de marchande de modes, ne se serait pas conduit autrement, et, en ce moment-ci, nous sommes forcés d'avouer que notre poétique héros patauge en pleine prose. Dieu veuille qu'il se puisse tirer de ce bourbier, et qu'il parvienne enfin à se dessiner dans l'existence sous un jour dramatique et passionné tout à fait digne d'un homme et d'un artiste!

La bizarrerie de son costume souleva un petit murmure dans le salon, et toutes les têtes se penchèrent curieusement vers lui. Il salua madame de M***, et lui marmotta je ne sais quelle phrase banale, que, pour son honneur (l'honneur de Rodolphe et non celui de madame de M***), je m'abstiendrai de rapporter ici; puis il alla se mettre sur une causeuse à côté de son camarade Albert. Et puis, ma foi! il mangea des gâteaux, avala des romances et des verres de punch, absorba à lui seul presque tout un plateau de glaces, entendit et applaudit une lecture de vers classiques absolument comme une personne naturelle; si bien que tout le monde, qui s'attendait à voir un original, un *lion*, comme disent les Anglais, était émerveillé de le voir s'acquitter des

devoirs sociaux avec une aisance aussi parfaite.

La prose envahissait notre héros d'une façon singulière. Un agent de change, qui avait lié conversation avec lui, fit un calembour. Eh bien! non-seulement Rodolphe ne tomba pas en syncope à cette turpitude déchargée à bout portant, mais encore il répondit par un calembour redoublé qui aurait donné la jaunisse à Odry, et qui fit écarquiller les yeux à l'honnête industriel, de manière à ce que ses prunelles fussent tout entourées de blanc : ce qui est la plus haute expression de l'étonnement, si l'on en croit les cahiers de principes à l'usage des pensionnats.

L'épicerie du siècle avait enfin rompu le cercle magique d'excentricité dont Rodolphe s'était entouré pour se garantir de l'épidémie régnante; des vapeurs épaisses de mélasse se condensaient autour de lui, et lui faisaient voir tout sous un jour bourgeois et mesquin; et, si à cet instant on lui avait chaussé la tête d'un bonnet de garde national, et affûté au derrière une giberne et un briquet, loin de trouver la plaisanterie de mauvais goût, il vous aurait demandé votre voix pour être caporal, et se serait incontinent mis à crier : Vive l'ordre de choses et son auguste famille! aussi bien que le digne M. Joseph Prudhomme.

Le calembour, colporté par l'agent de change, s'infiltra dans tous les groupes, et y excita un petit frémissement d'admiration qui se termina par un éclat de rire universel.

Tous les hommes toisaient Rodolphe d'un air d'envie, et toutes les femmes d'un air de bienveillance marqué : décidément, Rodolphe avait les honneurs de la soirée.

Madame de M*** lui fit le plus gracieux sourire.

M. de M*** lui prit la main et l'engagea à revenir le plus souvent qu'il pourrait.

Rodolphe avait enlevé d'emblée les cœurs du mari et de la femme au moyen d'un calembour. *O altitudo !*

La superbe manière dont il avait écouté et applaudi un nocturne chanté par des amateurs lui avait concilié l'estime générale, et lui avait fait faire un pas énorme dans l'esprit de madame de M***. Mais son calembour lui en avait fait faire deux ou même trois, infiniment plus énormes que le premier ; car, dans l'esprit et le cœur d'une femme (est-ce la même chose ou sont-ce deux choses ?), le premier pas n'est absolument qu'un pas et ne vous conduit qu'au seuil de son âme : le second, déjà plus allongé, vous met au plein milieu ; et le troisième, véritable pas fait avec des bottes de sept lieues, vous conduit tout au bout et vous fait toucher le fond. Rodolphe était au fond de madame de M***, et cela dès la première séance. Infortuné jeune homme !

Adoré de la femme, adoré du mari, la porte ouverte à deux battants, toutes les facilités du monde. Faites-moi donc quelque chose de forcené et d'énergique avec une pareille situation !

On dansa, Rodolphe dansa, et dansa en mesure encore, comme s'il n'était ni poëte, ni jeune-France, ni passionné. Mon Dieu, non ! il y mit toute la grâce et toute l'élégance imaginables, il ne marcha sur le pied d'aucune dame, il ne creva la poitrine d'aucun homme avec son coude, et madame de M*** avoua qu'elle n'avait jamais vu de cavalier plus parfait et qui dansât le galop d'une façon plus convenante !

Rodolphe se retira fort tard, laissant de lui l'idée la plus favorable ; il eût été entièrement heureux si la pensée que sa pièce de vers ne pouvait lui servir ne fût venue traverser sa béatitude comme une ligne de nuages qui coupe un horizon clair ; il eut beau chercher mille biais, il ne put rien trouver, et, de guerre las, il résolut de tenir son douzain en portefeuille ; mais les diables de vers lui grouillaient dans la poche, et faisaient tous leurs efforts pour mettre le nez à la fenêtre.

Un soir qu'il se trouvait chez madame de M***, il entendit une de ses amies qui l'appelait par son nom de baptême, ce nom de baptême était Cyprienne. Rodolphe fit un bond d'un demi-pied de haut sur son fauteuil et bénit intérieurement le parrain et la marraine qui avaient innocemment eu la triomphante idée de donner à leur filleule un nom trisyllabique et rimant en *ienne*.

> O reine de mon cœur ! ô brune Cyprienne !
> Quelle beauté peut-on comparer à la tienne ?

Cela allait tout seul.

Rodolphe reprit sa respiration comme quelqu'un de soulagé d'un grand poids, comme une femme dont le mari s'en va, et qui peut enfin aller ouvrir à son amant qui étouffe dans une armoire, ou comme un mari dont la femme monte en diligence pour aller passer quinze jours à la campagne.

L'amie de madame de M*** sortit après quelques propos de femmes, et Rodolphe resta seul avec elle ; au lieu de profiter de ce tête-à-tête fortuit que le hasard lui ménageait, le hasard, le plus grand des entremetteurs de ce monde, où il y en a tant et de si bons, Rodolphe, se comportant en vrai âne et en franc écolier, cherchait à substituer une épithète à l'épithète trop locale de *romain*, dont il avait affublé le soleil dans son élucubration primitive, et perdait ainsi un temps bien plus précieux que celui d'Annibal à Capoue.

Enfin il réussit, tant bien que mal, à rapiéceter le tout et à mettre son douzain dans un état assez présentable. On se doute bien que sa conversation devait en souffrir un peu, et que madame de M*** dut le trouver singulièrement distrait ; il est vrai qu'elle attribuait ses distractions à un tout autre motif.

— Vous êtes un méchant de ne m'avoir pas encore écrit de vers sur mon album : vous en faites pourtant, votre ami Albert me l'a dit, et, d'ailleurs, j'en ai vu de vous sur l'album de madame de C***, ils étaient, en vérité, charmants. Allons, ne vous faites pas prier, écrivez-m'en quelques-uns pendant que je vous tiens, fit madame de M*** en lui posant l'album tout ouvert devant lui, et en lui fourrant entre les doigts une mignonne plume de corbeau. Rodolphe ne se fit pas prier, il avait si peur que l'occasion d'utiliser son douzain ne s'envolât, qu'il la prit aux cheveux, à pleins doigts, et l'écrivit de sa plus belle écriture, ce qui est encore bien bourgeois et bien écolier, un grand homme devant toujours écrire d'une manière illisible, témoin Napoléon.

Dès qu'il eut fini, madame de M***, se penchant curieusement, reprit l'album, et se mit à lire les vers à demi-voix et toute rougissante de plaisir : car les vers que l'on fait pour vous semblent toujours bons, même quand ils sont romantiques et que l'on est classique, et, ainsi, réciproquement.

— Vraiment, je ne savais pas que vous fissiez

les impromptus sans être prévenu d'avance; vous êtes réellement un homme prodigieux, et vous ferez la huitième des sept merveilles du monde. Mais c'est qu'ils sont vraiment très-bien, ces vers; le second, surtout, est charmant: j'aime aussi beaucoup la fin : il y a peut-être un peu d'exagération, et mes yeux, si beaux que vous les vouliez trouver, sont loin de posséder un pareil pouvoir; mais, c'est égal, la pensée est fort jolie, il n'y a qu'une seule chose que vous devriez bien changer, c'est l'endroit où vous dites que ma peau est couleur d'orange, ce serait fort vilain si c'était vrai; heureusement que cela n'est pas, fit madame M*** en minaudant un peu.

— Pardon, madame, ceci est de la couleur vénitienne et ne doit pas tout à fait se prendre au pied de la lettre, objecta timidement Rodolphe, comme quelqu'un qui n'est pas bien sûr de ce qu'il dit et qui est prêt à se désister de son opinion.

— Je suis un peu brune, mais je suis plus blanche que vous ne croyez, répliqua madame de M*** en écartant un peu la dentelle noire qui voilait sa gorge; ceci n'est pas de la neige, ni de l'albâtre, ni de l'ivoire, et cependant ce n'est pas un zeste d'orange; en vérité, messieurs les romantiques, quoique vous ayez de bons moments, vous êtes de grands fous.

Rodolphe souscrivait de bon cœur à cette proposition, quelque peu hétérodoxe, qui l'eût fait sauter au plancher quelques jours auparavant, et se mit à faire un feu roulant de madrigaux et de galanteries dans le goût de Dorat et Marivaux, qui avaient bien l'air le plus bouffon du monde, obligés qu'ils étaient de passer entre une moustache et une royale de 1830.

Madame de M*** l'écoutait avec un sérieux qu'elle eût assurément refusé à des choses sérieuses. Il n'y a, en général, que les futilités et les niaiseries que les femmes écoutent avec gravité. Dieu sait pourquoi ; moi je n'en sais rien, et vous?

Rodolphe, voyant qu'elle écoutait religieusement et ne sourcillait pas même aux endroits les plus véhéments et les plus exagérés, pensa qu'il ne serait pas mauvais de soutenir ce dialogue d'un peu de pantomime.

La main de madame de M*** était posée à demi ouverte sur sa cuisse gauche.

La main de Rodolphe était posée ouverte entièrement sur sa cuisse droite, ce qui est une très-jolie position pour quelqu'un qui a de l'intelligence et qui sait s'en servir, et Rodolphe avait à lui seul plus d'intelligence que plusieurs gendarmes ensemble.

La main de madame de M*** était faite à ravir, les doigts effilés et menus, l'ongle rose, la chair potelée et trouée de petites fossettes. Celle de Rodolphe était d'une petitesse remarquable, blanche, un peu maigre, une véritable main de patricien. C'était assurément deux mains bien faites pour être l'une dans l'autre, cela parut démontré à notre héros après une rapide inspection.

Il ne s'agissait plus que d'en opérer la réunion, et je crois devoir à la postérité le récit des manœuvres et de la stratégie de Rodolphe pour parvenir à cet important résultat.

Un espace de quatre pouces environ séparait les deux mains; Rodolphe poussa légèrement avec son coude le coude de madame de M*** : ce mouvement fit glisser sa main sur sa robe, qui, heureusement, était de soie; il ne restait plus que deux pouces.

Rodolphe fabriqua une phrase passionnée, qui nécessitait un geste véhément, il la débita avec une chaleur très-confortable, et, le geste fait, il laissa retomber sa main non sur son genou, mais dans la main même de madame de M***, qui était tournée la paume en l'air, comme nous avons déjà eu l'agrément de le dire plus haut.

Voilà de la tactique ou je ne m'y connais pas; et, à mon avis, notre Rodolphe avait l'étoffe d'un excellent général d'armée.

Il serra légèrement les doigts de madame de M*** entre ses doigts, de manière à lui faire comprendre que ce n'était pas un effet du hasard qui réunissait ainsi leurs deux mains, mais de manière aussi à se pouvoir rétracter si elle s'avisait d'être immodérément vertueuse, ce qui eût pu arriver : les femmes sont quelquefois si étranges !

Madame de M***, qui était de profil, se mit de trois quarts, redressa un peu la tête, ouvrit l'œil un peu plus que de coutume, et arrêta sur Rodolphe un regard dont la traduction littérale se réduisait à ceci :

Monsieur, vous me tenez la main.

A quoi Rodolphe répondit sans dire un mot en la serrant davantage, en penchant la tête à droite et en levant la prunelle au plafond, ce qui signifiait :

Parbleu, madame, je le sais ; mais pourquoi, aussi, avez-vous une aussi belle main ? cette main est faite pour être tenue, il n'y a pas le moindre doute, et mon bonheur sera au comble si...

Un imperceptible demi-sourire passa sur les lèvres de madame de M*** ; puis elle ouvrit l'œil encore plus et gonfla dédaigneusement ses narines en roidissant sa main dans la main de Rodolphe, sans toutefois la retirer ; de temps en temps elle jetait une œillade vers la porte. Traduction : Oui, monsieur, ma main est très-jolie ; mais ce n'est pas une raison pour la prendre, quoique ce soit de votre part une preuve de goût que de l'avoir fait; je suis vertueuse, oui, monsieur, très-vertueuse; ma main est vertueuse, mon bras l'est aussi, ma jambe aussi, ma bouche encore plus; ainsi, vous ne gagnerez rien à diriger vos attaques d'un autre côté. D'ailleurs tout cela appartient à mon mari, attendu qu'il a reçu de mon père cent mille francs pour coucher avec moi, ce dont il s'acquitte assez mal, comme vrai mari qu'il est et qu'il sera toujours; donc, laissez-moi, ou au moins ayez l'esprit d'aller fermer cette porte, qui est toute grande ouverte; après, nous verrons.

Rodolphe comprit à ravir, et ne fit pas le plus léger contre-sens dans sa version.

— Il vient un vent par cette porte à vous glacer les jambes; si vous le permettiez, je l'irais fermer.

Madame de M*** inclina doucement la tête, et Rodolphe, repoussant délicatement la main de la princesse sur son genou, se leva et ferma la porte.

— Elle joint fort mal et le vent y passe comme par un crible : si je poussais ce petit verrou, cela la maintiendrait. Et Rodolphe poussa le verrou.

Madame de M*** prit un air détaché et calme qui lui allait on ne peut mieux; Rodolphe vint se rasseoir à sa place sur la causeuse, et il reprit la main de madame de M***, non avec sa main droite, comme auparavant, mais avec sa main gauche, ce qui est extrêmement remarquable et ne pouvait provenir que d'une haute conception. Vous verrez tout à l'heure, adorable lectrice, la profonde scélératesse cachée sous cette apparente bonhomie, et combien prendre une main avec sa droite ou sa gauche est une chose dissemblable, quoi qu'en puissent dire les ignorants.

Le bras droit de Rodolphe touchait celui de madame de M***, et la taille fière et cambrée de celle-ci laissant un interstice entre elle et le dos de la causeuse, Rodolphe, le grand tacticien, insinua fort ingénieusement sa main, et puis son bras, par cette tranchée naturelle, et se trouva, au bout de quelques instants, remplacer le dossier de la causeuse sans que madame de M*** eût été obligée de s'en apercevoir, tant l'opération avait été conduite avec prudence et délicatesse.

Vous croyez peut-être que Rodolphe, pendant toutes ces manœuvres anacréontiques, avait la bonhomie de parler de son amour à madame de M***. Si vous croyez cela, vous êtes un grand sot, ou vous n'avez pas une haute opinion de la perspicacité de mon héros.

Devinez de quoi il lui parlait; il lui parlait du nez d'une de ses amies intimes qui devenait plus rouge de jour en jour, et s'empourprait d'une façon toute bachique; de la robe ridicule qu'avait madame une telle à la dernière soirée de l'impro-

— Et moi aussi, répondit Rodolphe d'un air libre et dégagé quoique toujours infiniment respectueux. Et, du bras dont il avait déjà fait un dossier, il fit une écharpe autour de madame de M***, et l'enlaça de façon qu'elle était à moitié assise sur lui, et que leurs têtes se touchaient presque.

Madame de M***, qui était de trois quarts, se mit de pleine face, afin de faire tomber d'aplomb un regard foudroyant sur le criminel et audacieux Rodolphe ; mais le drôle, qui avait compté sur ce mouvement, ne se déconcerta pas le moins du monde, et, comme la bouche de madame de M*** se trouvait précisément vis-à-vis et à la hauteur de la sienne, il pensa qu'il n'y avait aucun inconvénient à ce qu'elles fissent connaissance d'une manière plus intime, et que même il en pourrait résulter beaucoup d'agrément pour l'une et pour l'autre.

Madame de M*** aurait dû rejeter sa tête en arrière, et éviter ainsi le baiser de Rodolphe ; mais il est vrai qu'il eût avancé la sienne, et qu'elle n'y eût rien gagné ; elle était maintenue étroitement par la main du jeune scélérat.

D'ailleurs, madame de M***, tout émue du baiser de Rodolphe, ne songeait aucunement à s'y soustraire, et puis, au fond, elle aimait Rodolphe ; il se mettait fort bien, quoique un peu étrangement ;

malgré sa moustache et sa royale, c'était un joli garçon ; et, en dépit de son donquichottisme de passion, il était prodigieusement spirituel ; je dis prodigieusement, pour donner à entendre que ce n'était pas un imbécile ; car, depuis quelque temps, on a tellement abusé de ce mot, qu'il a tout à fait perdu sa valeur et sa signification primitives ; bref, il y avait physiquement et intellectuellement, dans notre ami Rodolphe, la matière d'un amant très-confortable.

Mon intention était de conduire Rodolphe jusqu'à la dernière extrémité, en le faisant passer à travers tous les petits obstacles prosaïques qui rendent si difficile la conquête d'une femme, même lorsqu'elle ne demande pas mieux que d'être vaincue ; mais le lecteur français veut être respecté.

J'aurais décrit soigneusement la manière dont il s'y était pris pour écarter ou soulever, l'un après l'autre, tous les voiles gênants qui s'interposaient entre sa déesse et lui ; comment il était parvenu à s'emparer de telle position, et à se maintenir dans telle autre, et une infinité d'autres choses singulièrement instructives que la bégueulerie du siècle remplace par une ligne de points.

Mais un de mes amis, en qui j'ai pleine confiance, à ce point que je ne crains pas de lui lire ce que je fais, a prétendu que la chasteté de la langue française s'opposait impérieusement à ce qu'on insistât sur de pareils détails, telle édification qu'il pût, d'ailleurs, en résulter pour le public.

Cependant, malgré les scrupules de mon ami, je ne crois pas devoir user de la même retenue pour le dialogue que pour la pantomime, et je prends sur moi de rapporter ici la conversation de Rodolphe et de madame de M***, laissant à l'intelligence exercée de mes lectrices le soin de deviner quelles circonstances ont donné lieu aux demandes et aux réponses.

MADAME DE M***. — Laissez-moi, monsieur ; cela n'a pas de nom !

RODOLPHE. — Vous laisser ! Ce sont les autres femmes qu'on laisse, et non pas vous. C'est une chose impossible que vous demandez là ; et, quoique vous soyez en droit d'exiger l'impossible, la chose que vous demandez est précisément la seule que l'on ne puisse faire pour vous ; c'est comme si vous commandiez qu'on ne vous trouvât pas belle. Permettez, madame, que je vous désobéisse.

MADAME DE M***. — Allons, Rodolphe ; mon ami, vous n'êtes pas raisonnable.

RODOLPHE. — Mais il me semble que si. Je vous aime ; qu'y a-t-il là de si extravagant, et qui n'en ferait autant à ma place, sinon plus ? C'est une mauvaise fortune dont il faut vous prendre à votre beauté. Ce n'est pas tout profit que d'être jolie femme.

MADAME DE M***. — Je ne vous ai pas donné lieu, par ma conduite, d'en user de la sorte avec moi! Ah! Rodolphe, si vous saviez la peine que vous me faites!

RODOLPHE. — Assurément mon intention n'était pas de vous en faire, et vous me pardonnerez un tort involontaire. Ah! Cyprienne, si vous saviez comme je vous aime!

MADAME DE M***. — Je ne veux pas le savoir; je ne le puis ni ne le dois.

RODOLPHE. — Et pourtant vous le savez.

MADAME DE M***. — Voilà bientôt une heure que vous me le dites.

RODOLPHE. — Une heure, c'est beaucoup pour convaincre d'une chose si facile à croire; il y a trois quarts d'heure que je ne devrais plus vous le dire, mais vous le prouver. Je diffère entièrement de vous sur ce point. Si vous me disiez que vous m'aimez, moi, je le croirais tout de suite.

MADAME DE M***. — Et que risqueriez-vous à le croire?

RODOLPHE. — Ni plus ni moins que vous à le dire.

MADAME DE M***. — Il n'y a pas moyen de parler avec vous.

RODOLPHE. — Vous voyez bien que si, puisque vous parlez. Toutefois, si vous le préférez, je m'en vais me taire. (*Silence.*)

MADAME DE M***. — Il va faire nuit, on n'y voit presque plus ; monsieur Rodolphe, voulez-vous avoir la bonté de sonner, qu'on apporte de la lumière ? Cette chambre est d'un triste !

RODOLPHE. — Est-ce que vous voulez lire ou travailler ? Cette chambre n'est pas triste ; je la trouve la plus gaie du monde, et ce demi-jour me semble le plus voluptueux qu'il soit possible de voir.

MADAME DE M***. — Rodolphe... monsieur !... je vous...

RODOLPHE. — Je t'aime, et je n'ai jamais aimé que toi.

MADAME DE M***. — Ah ! mon ami, si vous disiez vrai...

RODOLPHE. — Eh bien ?

MADAME DE M***. — Je suis une folle... La porte est-elle bien fermée ?

RODOLPHE. — Au verrou.

MADAME DE M***. — Non, je ne veux pas ; lâchez-moi, ou je ne vous revois de ma vie.

RODOLPHE. — Ne me faites pas prendre de force ce qu'il me serait si doux d'obtenir.

MADAME DE M***. — Rodolphe ! que faites-vous

là ? Ah ! oh !... Qu'allez-vous penser de moi, à présent ? Ah ! j'en mourrai de honte.

RODOLPHE. — Enfant, que voulez-vous que je pense, sinon que vous êtes toute belle et que rien au monde n'est plus charmant ?

MADAME DE M***. — Tu me perds, mon ange, mais je t'aime. Mon Dieu, mon Dieu ! qui aurait dit cela ?

Ici madame de M*** pencha la tête et cacha son visage entre l'épaule et le cou de Rodolphe. Cette position est habituelle aux femmes en pareille occurrence ; la grisette et la grande dame la prennent également ; est-ce pour pleurer ou pour rire ? Je pencherais à croire que c'est pour rire ; du reste, cette position développe le cou et les épaules, et leur fait décrire des courbes gracieuses : c'est peut-être là le véritable motif pourquoi elle est employée si fréquemment.

Toute cette scène, bien qu'assez légère, inconvenante, n'en est pas plus passionnée pour cela, et il est facile de s'apercevoir que Rodolphe est à cent mille lieues de ce qu'il cherche ; il est vrai qu'il n'y a guère songé, et qu'il s'est laissé aller bêtement et bourgeoisement à l'impression du moment ; il a eu un caprice et des désirs, voilà tout. Madame de M*** est à peu de chose près dans le même cas ; le sang-froid et le repos d'esprit qui percent dans chaque mot qu'ils se disent est une chose vraiment admirable, et suppose de part et d'autre l'expérience la plus consommée.

Madame de M*** avait toujours sa tête sur l'épaule de Rodolphe, et celui-ci, après quelques minutes d'inaction, fit cette réflexion judicieuse, qu'il n'y avait absolument rien d'artiste dans la scène qui venait de se jouer, et que, loin de faire un cinquième acte de drame, elle était tout au plus digne de figurer dans un vaudeville; il s'indigna contre lui-même d'avoir si mal exploité un si beau sujet, et d'avoir manqué une si belle occasion de faire le passionné.

Comme madame de M*** était une très-jolie femme, Rodolphe prit cette résolution subite d'essayer de s'élever tout d'un coup aux sommités les plus inaccessibles de la passion délirante.

(*En cet endroit Rodolphe défit le peigne de madame de M***, qui tomba à terre et se brisa en mille morceaux.*)

MADAME DE M***. — Étourdi! Oh! mon beau peigne d'écaille, vous l'avez cassé.

RODOLPHE. — Comment pouvez-vous faire une pareille observation dans un tel moment?

MADAME DE M***. — C'était un fort beau peigne, un peigne anglais, et je ne pourrai que difficilement en avoir un semblable.

RODOLPHE. — Cyprienne, je t'en supplie, mords-moi.

MADAME DE M***. — Je vais t'embrasser, si tu veux (*elle l'embrasse*), mais je ne te mordrai pas : je t'aime trop pour te faire du mal.

RODOLPHE. — Du mal ! Ah ! qu'*un coup de poignard de toi me serait doux.*

MADAME DE M***. — Eh bien ! s'il ne faut que cela pour te contenter, je le veux, mon ami ; approche la tête.

(*Elle appuie ses lèvres sur la joue de Rodolphe, et la pince légèrement dans une tenaille de nacre, puis elle recule la tête en riant comme une folle, et frotte avec le dos de sa main la légère marque blanche que ses dents ont laissée.*)

RODOLPHE. — Bien, comme cela, ma lionne ; à mon tour.

(*Il la mord au cou et pour tout de bon.*)

MADAME DE M***. — Aïe ! aïe ! Rodolphe ! monsieur, finissez donc, vous êtes enragé, vous oubliez toute convenance, et vous vous comportez d'une manière... j'en aurai la marque pendant huit jours, je ne pourrai pas aller décolletée de la semaine, et j'ai trois soirées.

RODOLPHE. — On pensera que c'est monsieur votre mari qui a fait le coup.

MADAME DE M***. — Allons donc ! ce que vous dites là est extrêmement ridicule et de la dernière improbabilité ; on sait bien que ces façons ne sont point celles des maris, et ils ne laissent guère de marques de ce genre; je suis très-fâchée de ce que vous avez fait, cela est vraiment inqualifiable!

(*Rodolphe, atterré de cette sortie, prodigue à madame de M*** les caresses les plus tendres, et tâche de réparer son manque de convenance par la plus grande des inconvenances.*)

MADAME DE M***. *un peu radoucie.* — Bah! je mettrai mon collier de topazes; la monture est large et les anneaux sont serrés, on n'y verra que du feu.

(*Rodolphe lui coupe la parole par un baiser assaisonné de toutes les mignardises imaginables, et conserve cependant un air dolent et mortifié capable d'apitoyer un roc, et, à plus forte raison, une femme assez compatissante de son naturel.*)

MADAME DE M***. — Ne crois pas que je t'en veuille, mon ami, je ne puis rester fâchée avec toi. (*Elle lui rend son baiser, revu, corrigé et considérablement augmenté.*) Voilà la signature de ta grâce.

Kling, kling! drelin, drelin!

RODOLPHE, *effaré.* — Qu'est-ce?

MADAME DE M***, *du ton le plus tranquille.* — Je crois que c'est mon mari qui rentre.

RODOLPHE. — Votre mari! damnation! enfer! où me cacher? n'y a-t-il pas ici quelque armoire?

y a-t-il moyen de sauter par la fenêtre ? Si j'avais ma bonne dague. (*Fouillant dans sa poche.*) Ah ! parbleu, la voilà ! je vais le tuer, votre mari !

MADAME DE M***, *qui se recoiffe devant sa glace.* — Il n'y a pas besoin de le tuer : aidez-moi à remonter ma robe sur mon épaule, mon corset m'empêche de lever le bras ; bien, passez-moi ce nœud de velours, il cachera la morsure, et maintenant, enfant que vous êtes, allez tirer le verrou, cela aurait l'air singulier d'être enfermés ensemble.

RODOLPHE, *lui obéissant de point en point.* — Le verrou est tiré, madame.

MADAME DE M***. — Asseyez-vous là, devant moi, sur ce fauteuil, et tâchez d'avoir l'air un peu moins effarouché. Vous me disiez donc que la pièce nouvelle était mauvaise?

RODOLPHE, *vivement.* — Moi, je ne disais pas cela, je ne disais rien du tout, je la trouve fort bonne.

MADAME DE M***, *bas.* — En vérité, pour un poëte, vous n'êtes guère spirituel. N'entendez-vous pas monsieur qui vient ? il faut bien avoir l'air de parler de quelque chose.

(*Le mari entre avec sa figure de mari, tout à fait bénigne et réjouissante à voir.*)

LE MARI. — Ah ! vous voilà, monsieur Rodolphe ! il y a une éternité que l'on ne vous a vu ;

vous devenez d'un rare, et vous nous négligez furieusement ; ce n'est pas bien de négliger ses amis. Pour-quoi donc n'êtes-vous pas venu dîner l'autre jour avec nous ?

RODOLPHE, *à part.* — A-t-il l'air stupide, celui-là ! (*Haut.*) Monsieur, vous m'en voyez au désespoir ; une affaire de la dernière importance... Croyez que j'y ai plus perdu que vous. (*A part.*) Est-ce que je serai comme cela quand je serai marié ? Oh ! la bonne et honnête chose qu'un mari !

LE MARI. — Cela peut se réparer. Venez demain. si toutefois vous n'êtes pas déjà engagé. J'ai précisément une loge pour une première représentation. L'auteur est fort de mes amis... Nous irons tous ensemble.

MADAME DE M***. — Vous seriez vraiment bien aimable, monsieur, de nous faire le sacrifice de votre soirée.

RODOLPHE. — Comment donc, madame ! vous appelez cela un sacrifice ? Où donc la pourrais-je passer plus agréablement ?

MADAME DE M***, *minaudant.* — Vous diriez cela à une autre comme à moi ; c'est une simple politesse.

RODOLPHE. — Ce n'est qu'une vérité.

LE MARI. — Ainsi, vous acceptez ?

RODOLPHE. — Vous pouvez compter sur moi.

LE MARI. — Voilà qui est arrangé. Mais je vous ai interrompu. Vous aviez l'air d'avoir une conversation fort intéressante.

RODOLPHE, *à lui-même.* — Oui, fort intéressante! Ce mari-là n'est pas un homme, c'est un biufle. Depuis saint Joseph, personne n'a été cocu de meilleure grâce. Il y met vraiment une bonne volonté charmante.

MADAME DE M***, *aussi à elle-même.* — Oui, plus intéressante que la vôtre, mon mari très-cher, qui êtes si monosyllabique et si laconique que j'en suis honteuse pour vous.

LE MARI. — Vous en étiez, je crois, sur la pièce nouvelle?

MADAME DE M***. — Oui, et monsieur m'en disait tout le mal du monde.

LE MARI. — Je suis charmé, Rodolphe, de vous voir revenu à des sentiments plus raisonnables; je vous disais bien que vous vous amenderiez. Il n'y a que le beau qui soit beau, quoi qu'on en dise; et la langue de Racine est une langue divine. Votre M. Hugo est un garçon qui ne manque pas de mérite, il a des dispositions, personne ne lui en refuse; la pièce qui a remporté le prix aux jeux floraux n'était vraiment pas mal; mais depuis il n'a fait qu'empirer; aussi pourquoi ne veut-il pas parler français? Que n'écrit-il comme M. Casimir Delavigne! J'applaudirais ses ouvrages comme ceux d'un autre. Je suis un homme sans prévention, moi.

RODOLPHE, *bleu de colère, et souriant avec une grâce inexprimable.* — Certainement, M. Hugo a des défauts. (*A part.*) Vieil as de pique, je ne sais pas à quoi il tient que je ne te jette par la fenêtre, et sans l'ouvrir encore! Dans quel guêpier me suis-je fourré! (*Haut.*) Mais qui n'a pas les siens? (*A part.*) Coquine de Cyprienne!

LE MARI. — Oui, tout le monde a les siens; on ne peut pas être parfait.

MADAME DE M***, *à part.* — Il n'y a rien de plus réjouissant au monde que la figure que fait en ce moment-ci le pauvre Rodolphe. En vérité, les hommes sont de piètres comédiens; ils manquent totalement d'aplomb, et la moindre chose les démonte: les femmes leur sont bien supérieures en cela.

RODOLPHE. — Cependant cette pièce, bonne ou mauvaise, a du succès: c'est une chose qui, je crois, ne peut être contestée.

MADAME DE M***. — C'est une fureur; on s'y porte. Madame de Cercey, qui voulait la voir, n'a pu se procurer une loge que pour la troisième représentation.

RODOLPHE. — On ira la siffler cent fois de suite, elle tombera trois mois durant, et la caisse du théâtre sera pleine à crever.

LE MARI. — Qu'est-ce que cela prouve? *Athalie* n'a pas eu de succès. Et d'ailleurs il n'est pas difficile d'attirer le public en ne se refusant aucun moyen, en n'observant aucune règle. Je ferais une tragédie, moi, si je voulais, avec cette nouvelle manière de faire des vers qui ressemblent à de la prose comme deux gouttes d'eau : tout le monde pourra s'en passer la fantaisie; il n'y a rien de plus aisé sur la terre. Si un mot me gêne dans ce vers-ci, je le mets dans l'autre, et ainsi de suite : vous suivez bien mon raisonnement?

RODOLPHE. — Oui, monsieur, parfaitement.

MADAME DE M***. — Il est fort simple.

LE MARI. — Et alors je parais plein de hardiesse et de génie. Allez, allez, je les connais bien tous les principes subversifs de vos novateurs rétrogrades, suivant la belle expression de M. de Jouy. — Est-ce de M. de Jouy la belle expression?

RODOLPHE, *apoplectique, et se coupant la langue avec les dents.* — Je ne sais pas au juste; je crois pourtant qu'elle est de M. Étienne, si elle n'est pas de M. Arnault; mais, assurément, elle est d'un de ces trois, à moins cependant qu'elle ne soit de M. Baour-Lormian, ce qui n'a rien d'improbable.

LE MARI. — Hé! ha! hihi! vous en voulez furieusement à ces messieurs, vous avez une vieille dent contre eux; mais vous deviendrez sage en prenant des années. Il n'y a rien qui mette du plomb dans la tête comme huit ou dix ans de plus, et vous finirez par être de l'Institut comme un autre.

RODOLPHE. — Ainsi soit-il !

LE MARI. — Cela rapporte dix-huit cents francs. Dix-huit cents francs sont toujours bons à prendre.

RODOLPHE. — Ceci est vrai comme de l'algèbre.

LE MARI. — Et les jetons de séance, qui sont très-commodes pour jouer aux cartes. J'ai un de mes amis académicien qui en a plein un grand sac. A propos de cartes, si nous jouions une partie d'écarté? que vous en semble, Rodolphe?

RODOLPHE, *la figure aussi longue que le mémoire de son tailleur.* — Mais je suis à votre disposition pour cela comme pour autre chose.

MADAME DE M***, *ayant pitié de Rodolphe, et n'étant pas fâchée de contrarier son mari en rendant service à son amant.* — Fi donc! messieurs, vous êtes insupportables avec vos cartes! Ne sauriez-vous rester une minute sans jouer? Vous allez donc me laisser là à ne rien dire!

LE MARI, *du ton le plus obséquieux.* — Ma toute bonne, je te ferai observer que tu deviens d'un égoïsme vraiment insociable: tu nous regarderas.

et tu nous conseilleras. Tu vois bien que monsieur se meurt d'envie de faire une partie avec moi. N'est-ce pas, monsieur Rodolphe?

RODOLPHE, *d'une voix caverneuse, et qui semble sortir de dessous terre comme celle de l'ombre dans* Hamlet. — Certainement, je meurs d'envie de faire une partie avec vous.

Le mari arrange la table, et gagne tout l'argent à Rodolphe, qui ronge son frein et n'ose éclater ; ce qui prouve que Dieu ne reste pas oisif là-haut dans sa stalle au paradis, mais qu'il veille avec soin sur les actions des mortels, et punit tôt ou tard l'homme peu délicat qui a osé convoiter l'âne, le bœuf ou la femme de son prochain.

Madame de M*** bâille horriblement ; le mari déguise à peine sa joie et se frotte les mains de l'air le plus triomphal ; Rodolphe a la physionomie la plus piteuse du monde, et pourrait très-bien poser pour un *ecce homo*. Il est tantôt minuit, et l'aiguille n'a plus qu'un pas à faire pour attraper l'X. Rodolphe se lève, prend son chapeau ; le mari le reconduit, et madame de M*** trouve à peine le temps de lui serrer la main à la dérobée et de lui jeter dans le tuyau de l'oreille cette phrase courte, mais significative : — A demain, mon ange, et de bonne heure. Heureux Rodolphe ! il y a bien de quoi consoler de la perte de quel-

MARIETTE. — Ah! mon Dieu! je n'y avais pas pensé.

RODOLPHE. — A quoi pensez-vous donc?

Mariette, levant sur lui ses longues paupières, le regarda avec une expression si indéfinissable de douleur et de reproche, que Rodolphe ne put s'empêcher d'être ému et troublé, et, se repentant de lui avoir parlé avec dureté, lui fit quelques caresses, et lui dit quelques mots qui, dans la bouche d'un maître, pouvaient passer pour des excuses.

Mariette se retira, et Rodolphe, demeuré seul, se prit, tout en tirant les moustaches de son vieux chat, à gémir sur sa malheureuse destinée.

Lui qui s'était bâti d'avance un roman plein de scènes dramatiques et de péripéties sanglantes, rencontrer dans son chemin une coquette véritable et un mari encore plus véritable.

De la plus belle situation du monde n'avoir pu faire jaillir la moindre étincelle de passion : il y avait réellement de quoi se pendre.

Trois heures sonnèrent. Il se rappela que madame de M*** l'avait prié de venir de bonne heure: il s'habilla, et se dirigea vers la maison de sa princesse; mais, au lieu de marcher du pas leste et bref d'un amoureux, il allait comme un limaçon, et l'on eût plutôt dit d'un écolier qui rampe à contre-cœur jusqu'au seuil de l'école que d'un galant en bonne fortune.

Il fut bien reçu : cela est inutile à dire. Au reste, cette entrevue ne différa en rien de la première, sauf les préliminaires, qui furent singuliérement abréviés. Rodolphe se comporta très-honorablement pour un homme qui s'était déjà comporté très-honorablement la veille; cependant. nous devons à la postérité de l'informer qu'il y eut plus de dialogue et moins de pantomime, quoique cette substitution n'eût pas tout à fait l'air d'être du goût de madame de M***.

Le mari revint; on dîna, et l'on partit ensemble vertueusement, patriarcalement et bourgeoisement, pour la première représentation de la pièce.

Rodolphe afficha madame de M*** de la manière la plus indécente, et fit tout ce qu'il put pour exciter la jalousie du mari; celui-ci. charmé d'être allégé du soin de sa femme, s'obstinait à ne rien voir, et madame de M*** ne se contraignait guère pour répondre aux agaceries de Rodolphe.

Décidément, ce mari-là était pétri d'une pâte sans levain.

Rodolphe rentra chez lui furieux, et ne sachant que faire pour forcer M. de M*** à s'othellotiser un tant soit peu.

Un éclair soudain lui illumina le cerveau. Il se

donna un grand coup de poing sur le front, et renversa sa table par terre d'un coup de pied, comme quelqu'un qui vient d'avoir une idée phosphorescente.

— Pardieu! c'est cela, je suis un grand sot de ne pas y avoir songé plus tôt. Holà! Mariette, holà! une plume, de l'encre et du papier!

Mariette releva la table, et mit dessus tout ce qu'il fallait pour écrire.

Rodolphe passa deux ou trois fois la main dans ses cheveux, roula les yeux, ouvrit les narines comme une sibylle sur le trépied, et commença ainsi :

« Monsieur.

« Il y a de par le monde une espèce de gens « que je ne saurais honnêtement qualifier, qui « cachent sous des dehors aimables la plus pro- « fonde démoralisation. Pour eux il n'y a rien « de respectable, les choses les plus sacrées sont « tournées en dérision, l'innocence des filles, la « chasteté des femmes, l'honneur des maris, tout « ce qu'il y a de pur et de saint au monde, « leur est sujet de risée et de plaisanterie; ils « s'introduisent dans les familles, et, avec eux, « la honte et l'adultère. J'ai appris avec douleur, « monsieur, que vous receviez chez vous un « nommé Rodolphe. Cet individu, que j'ai eu l'oc-

« casion de connaître et d'étudier à fond, est un « homme extrêmement dangereux : sa réputation « est fort mauvaise, et il vaut encore moins que « sa réputation. Ses mœurs sont on ne peut plus « dépravées et se dépravent de jour en jour; il « n'y a pas de noirceur dont il ne soit capable : « c'est littéralement ce qu'on appelle un drôle. « Il est connu pour le nombre de femmes qu'il a sé- « duites et perdues ; car, malgré tous ses défauts, « il ne manque ni d'esprit ni de beauté, ce qui le « rend doublement à craindre. Si vous m'en « croyez, monsieur, vous le surveillerez de près « ainsi que madame votre femme. Je souhaite de « tout mon cœur qu'il ne soit pas déjà trop « tard.

« Quelqu'un qui s'intéresse sincèrement « à votre honneur. »

Adresse de la lettre.

« A monsieur de M***, rue Saint-Dominique « Saint-Germain, n°...

En ville. »

Rodolphe cacheta son étrange missive, l'envoya à la poste, et se frotta la main d'un air aussi réjoui qu'un membre du Caveau qui vient d'achever son dernier couplet.

— Par saint Alipantin ! ceci est bien la scélé-

murmura intérieurement Rodolphe. Est-ce que par hasard il n'aurait pas reçu ma lettre? Ce vieux drôle a un air de sécurité tout à fait insultant.

La conversation roula pendant quelque temps sur des choses si insignifiantes, que ce serait une cruauté hors de propos que d'en assassiner le lecteur. Nous la prenons à l'endroit intéressant.

LE MARI. — A propos, Rodolphe, vous ne savez pas une chose?

RODOLPHE. — Je sais plusieurs choses, mais je ne sais pas celle dont vous voulez me parler, ou du moins je ne m'en doute pas.

LE MARI. — Je vous le donne en cent, je vous le donne en mille.

RODOLPHE. — Frédérick a chanté juste?

LE MARI. — Non.

RODOLPHE. — Onuphre est devenu raisonnable?

LE MARI. — Non.

RODOLPHE. — Théodore a payé ses dettes?

LE MARI. — Plus drôle que cela.

RODOLPHE. — Un cheval de fiacre a pris le mors aux dents? un académicien a composé une ode lyrique?

LE MARI. — Toujours romantique; vous êtes vraiment incorrigible. Mais ce n'est pas cela : allons, devinez.

RODOLPHE. — Je m'y perds.

LE MARI, *avec triomphe.* — Mon ami, vous êtes un scélérat.

RODOLPHE, *au comble de la joie.* — (*A part.*) Enfin, voilà la scène qui arrive! (*Haut.*) Je suis un scélérat!

LE MARI, *de plus en plus radieux.* — Vous êtes un scélérat! la chose est connue; vous avez une réputation infâme, et vous êtes pire que votre réputation.

RODOLPHE, *charmé, mais affectant un air de dignité blessée.* — Monsieur, vous venez de me dire des choses bien étranges : je ne sais...

LE MARI, *riant aux éclats, et faisant avec son nez plus de bruit que les sept trompettes devant Jéricho.* — Hi! hi! ho! ho! ah! ah! Mais c'est qu'il a un air d'innocence, ce jeune scélérat! les plus matois s'y tromperaient. Hi! hi! c'est comme Hippolyte devant Thésée. — Allons, la main sur votre estomac, le bras en l'air.

Le jour n'est pas plus pur que le fond de mon cœur.

— Hé! romantique, vous voyez que je sais mon Racine.

RODOLPHE, *à demi-voix.* —

Vieillard stupide, il l'aime.

— Hé! classique, tu vois que je sais mon Hugo.

(*Haut, et du ton le plus sépulcral.*) Monsieur, votre gaieté est pour le moins intempestive.

MADAME DE M***. — Tu es insupportable avec tes rires.

RODOLPHE. — Faites-nous la grâce de nous communiquer le motif de votre hilarité, afin que nous la partagions.

LE MARI. — Permettez-moi de déboutonner mon gilet, j'ai mal aux côtes. (*D'un ton tragique.*) Vous voulez savoir pourquoi je ris, jeune homme?

RODOLPHE. — Je ne désire pas autre chose.

LE MARI, *du même ton.* — Tremblez! (*Avec sa voix naturelle.*) Approchez, monstre, que je vous dise cela dans le tuyau de l'oreille.

RODOLPHE, *digne.* — Eh bien! monsieur?

LE MARI, *avec l'accent de J. Prudhomme.* — Vous êtes l'amant de ma femme.

MADAME DE M***. — Si vous continuez sur ce ton-là, je m'en vais; vous me direz quand vous aurez fini.

RODOLPHE, *jouant l'homme atterré.* — L'amant de votre femme?

LE MARI, *se frottant les mains.* — Oui; vous ne saviez pas cela?

RODOLPHE, *naïvement.* — (*A part.*) J'en ai eu la première nouvelle. (*Haut.*) Mon Dieu non! et vous?

LE MARI. — Ni moi non plus. Et de cette façon, je serais le dernier* de M. Paul de Kock, minotaure, comme dit M. de Balzac. Il a bien de l'esprit, ce garçon-là ; vraiment, ce serait d'un bouffon achevé.

RODOLPHE, *vexé de voir sa scène tourner en eau de boudin.* — C'est d'un bouffon achevé, comme vous le dites fort agréablement.

LE MARI. — J'ai dit ce serait, et non pas c'est : il y a une furieuse différence de l'indicatif au conditionnel. Hi ! hi !

RODOLPHE. — Comme il vous plaira, monsieur. Mais comment avez-vous fait cette découverte importante ?

* Dans deux ou trois mille ans, les commentateurs pourraient être embarrassés dans ce passage, et ils se tortureraient inutilement pour l'interpréter. Nous leur éviterons cette peine. En ce temps, il venait de paraître un roman de M. Paul de Kock intitulé *le Cocu*. Ce fut un scandale merveilleux ; une affiche se prélassait effrontément à tous les coins de rue et derrière les carreaux de tous les cabinets de lecture. Ce fut un grand émoi parmi toute la gent liseuse. Les lèvres pudibondes des cuisinières se refusaient à prononcer l'épouvantable mot. Toutes les virginités de magasin étaient révoltées ; la rougeur monta au front des clercs d'huissiers. Il fallait bien pourtant se tenir au courant, et demander le maudit roman. Alors (admirez l'escobarderie !) fut trouvée cette honnête périphrase : — Avez-vous le dernier de M. de Kock ? — Dernier de M. de Kock, par cette raison, a signifié cocu pendant quinze jours, et c'est à quoi M. de M*** fait allusion avec sa finesse ordinaire.

LE MARI. — C'est une lettre qu'on m'a écrite, une lettre anonyme encore. Il n'y a rien que je méprise sur la terre comme une lettre anonyme. Gresset, le charmant auteur de *Vert-Vert*, a dit quelque part :

Un écrit clandestin n'est pas d'un honnête homme.

Je suis parfaitement de son avis.

RODOLPHE, *gravement*. — Il faut être bien infâme pour...

LE MARI, *tirant la lettre de sa poche*. — Tenez, lisez-moi cela. Qu'en pensez-vous ? Cela n'est pas médiocrement curieux, c'est un vrai style de papier à beurre : c'est probablement quelque cuisinière renvoyée qui aura fabriqué cette belle missive pour me faire pièce et me mettre martel en tête.

RODOLPHE, *un peu piqué dans son amour-propre d'auteur*. — Il me semble que le style n'est pas aussi mauvais que vous le dites : il est simple, correct, et ne manque pas d'une certaine élégance.

LE MARI. — Fi donc ! il est d'une platitude...

MADAME DE M***, *impatientée*. — Messieurs, laissez là cette sotte conversation, c'est à périr d'ennui.

LE MARI, *sans l'écouter*. — Voyez donc à quoi

tient la paix des ménages! A un fil; c'est effrayant! Hein! si j'avais été jaloux; mais, heureusement, je ne le suis pas. Je suis sûr de ma femme comme de moi-même, et d'ailleurs M. Rodolphe est parfaitement incapable...

RODOLPHE, *de l'air d'un grand homme méconnu.* — Ah! monsieur, parfaitement incapable, sans fatuité...

MADAME DE M***, *à part.* — Est-il fat! il grille de raconter toute l'affaire à mon mari pour lui prouver qu'il est capable.

LE MARI, *avec un clignement d'yeux excessivement malin.* — Quand je dis incapable, ce n'est pas physiquement, c'est moralement que j'entends la chose, mon jeune ami.

MADAME DE M***, *d'un ton d'humeur très-marqué.* — En voilà assez là-dessus. Jetez cette lettre au feu, et qu'il n'en soit plus question.

LE MARI, *jetant la lettre au feu, et prenant une attitude des plus solennelles.* — Voilà le cas que l'on doit faire des lettres anonymes.

RODOLPHE, *sentencieusement.* — C'est le parti le plus sage.

Décidément, mon pauvre Rodolphe, tu ne pourras parvenir à te procurer la plus petite péripétie; le drame ne veut évidemment pas de toi, et il se sauve aussitôt que tu fais ton entrée; je crains bien qu'il ne te faille rester bourgeois toute ta vie, et après ta mort jusqu'au jugement dernier; car ta passion d'artiste n'est, il faut bien l'avouer, qu'un menu fait de cocuage bien bête et bien commun : un épicier, un caporal de la garde nationale, ne font pas autrement les cocus.

Vrai Dieu! la vergogne te devrait prendre d'en user de la sorte. Si j'étais toi, je me serais déjà pendu une vingtaine de fois. Il n'y a donc pas de corde, pas de fusil, pas de mortier, pas de tromblon, pas de dague, pas de rasoir, pas de septième étage, pas de rivière; les couturières amoureuses ont donc fait monter le charbon à un prix excessif et au-dessus de tes moyens, que tu restes là à fumer le cigare de ta vie, comme un étudiant après avoir joué sa poule!

O lâche! ô couard! jette-toi là où se jeta feu l'empereur Héliogabale, si tu trouves les autres genres de mort que je viens de te proposer trop ponsifs et trop académiques.

Mon cher Rodolphe, je t'en supplie à deux genoux, fais-moi l'amitié de te tuer. Un suicide, quoique la chose soit assez commune et menace de devenir mauvais genre, a toujours une certaine tournure, et produit un effet assez poétique; cela te relèverait peut-être un peu aux yeux de mes lecteurs, qui te doivent trouver un bien misérable héros.

Puis, ta mort me procurerait l'ineffable avantage de me dispenser d'écrire le reste de ta vie. Je pourrais poser au bas de cette histoire interminable le bienheureux mot FIN, qui n'est pas, à coup sûr, attendu avec plus d'impatience par le lecteur que par moi, ton illustre biographe.

D'ailleurs, il fait un temps le plus beau du monde, et je t'assure, ô Rodolphe, que j'aimerais mille fois mieux m'aller promener au bois que de faire trotter ma plume éreintée et poussive tout le long de ces grandes coquines de pages. Ici, je pourrais faire une vingtaine de lignes en prose poétiques comme les feuilletonistes ont l'habitude d'en faire chaque printemps sur le malheur qu'ils ont d'être obligés de voir des vaudevilles et des opéras-comiques, et de ne pouvoir s'en aller à la campagne à Meudon ou à Montmorency. Mais je résisterai vertueusement à la tentation, et je ne parlerai ni du ciel bleu, ni des rossignols, ni des lilas, ni des pêchers, ni des pommiers, ni en général d'aucun légume quelconque; c'est pourquoi je demande que l'univers me vote des remercîments et me décerne une couronne civique.

Et pourtant cela m'aurait été fort utile pour remplir cette feuille, où je ne sais en vérité que mettre, et l'imprimeur est là, dans l'antichambre, qui demande de la copie, et allonge ses griffes noires comme un vautour à jeun.

Considérez, lecteurs et lectrices, que je n'ai

pas, comme les autres auteurs mes confrères, la ressource des clairs de lune et des couchers de soleil, pas la plus petite description de château, de forêt ou de ruines. Je n'emploie pas de fantômes, encore moins de brigands ; j'ai laissé chez le costumier les pantalons mi-partis, et les surcots armoriés ; ni bataille, ni incendie, ni rapt, ni viol Les femmes de mon livre ne se font pas plus violer que la vôtre ou celle de votre voisin, ni meurtre, ni pendaison, ni écartellement, pas un pauvre petit cadavre pour égayer la narration et étouper les endroits vides.

Vous voyez combien je suis malheureux, obligé tous les deux jours de fournir, jusqu'à ce que mort s'ensuive, une feuille in-octavo de vingt-six lignes à la page, et de trente-cinq lettres à la ligne.

Et tel soin que je prenne de faire de petites phrases, et de les couper par de fréquents alinéas, je ne puis guère voler qu'une vingtaine de lignes et une centaine de lettres à mon respectable éditeur, n'ayant pas eu l'idée de diviser mon histoire en chapitres, ou du moins ne l'ayant eue que trop tard.

D'ailleurs, ce qui rend ma tâche encore plus difficile, je suis décidé à ne mettre dans ce volume que des choses mathématiquement admirables. Avec des connaisseurs comme vous, je ne puis farcir ma dinde de marrons au lieu de truffes; vous êtes trop fins gourmets pour ne pas vous en apercevoir tout de suite, et vous crieriez haro sur moi, ce que je veux éviter par-dessus toute chose.

Rodolphe sortit tout désespéré de la platitude et du peu de tournure de la scène sur laquelle il avait compté.

Il rentra dans sa maison aussi en colère que Géronte après avoir été bâtonné par Scapin.

Cinq ou six jours se passèrent sans qu'il eût occasion de retourner chez madame de M***; il resta chez lui en tête à tête avec ses chats et Mariette.

Mariette, qui depuis quelque temps paraissait en proie à quelque souffrance morale, avait perdu ses fraîches couleurs et sa belle gaieté; elle ne chantait plus, elle ne riait plus, elle ne sautait plus par la chambre, et demeurait toute la journée à coudre dans l'embrasure de la fenêtre, ne faisant de bruit non plus qu'une souris. Rodolphe était on ne peut plus surpris de ce changement et ne savait à quoi l'attribuer. N'ayant rien à faire, et la trouvant, d'ailleurs, plus intéressante avec sa pâleur nacrée et ses beaux yeux battus, il voulut reprendre avec elle ses anciennes privautés; car il est inutile de dire que ses conversations fréquentes avec madame de M*** avaient dû singulièrement nuire à ses dialogues avec Mariette. Mais celle-ci, loin de se prêter de bonne grâce aux caresses de son maître, ainsi qu'elle le faisait autrefois, se débattit courageusement, et, lui glissant entre les doigts comme une vraie couleuvre qu'elle était, elle courut se réfugier dans sa chambre, dont elle ferma la porte en dedans.

Rodolphe tenta d'entamer des négociations à travers le trou de la serrure ; mais ce fut une peine perdue, Mariette resta muette comme un poisson. Rodolphe, voyant que ses belles paroles n'aboutissaient à rien, abandonna la partie, et reprit la lecture qu'il avait interrompue.

Au bout d'une heure, Mariette rentra ; elle était habillée, et portait sous son bras un paquet assez gros. Rodolphe leva la tête, et la vit qui se tenait debout adossée au mur sans proférer une seule parole.

RODOLPHE. — Que signifie tout ceci, Mariette? et pourquoi avez-vous un paquet sous le bras?

MARIETTE. — Cela signifie que je m'en vais, et que je vous demande mon congé.

RODOLPHE. — Votre congé? et pourquoi donc? N'êtes-vous pas bien ici, et mon service est-il si pénible que vous ne puissiez en venir à bout? Alors prenez quelqu'un pour vous aider, et restez.

MARIETTE. — Monsieur, je n'ai pas à me plaindre, et ce n'est pas là le motif pourquoi je vous quitte.

RODOLPHE. — Est-ce que j'aurais oublié, par hasard, de te payer ton dernier quartier de gages?

MARIETTE. — Je ne m'en irais pas pour cela, monsieur.

RODOLPHE. — Alors, c'est que tu as trouvé une meilleure maison que la mienne.

MARIETTE. — Non; car je m'en retourne chez nous, chez ma mère.

RODOLPHE. — Tu ne t'en retourneras pas; car je veux te garder, moi. Quel est donc ce caprice?

MARIETTE. — Ce n'est pas un caprice, ô mon maître! c'est une résolution immuable.

RODOLPHE. — Une résolution immuable! c'est un singulier mot dans la bouche d'une femme, l'être le plus variable qui soit au monde. Tu resteras, Mariette.

MARIETTE. — Je n'ai pas l'esprit qu'il faut pour disserter avec vous; mais, tout ce que je sais, c'est que je ne coucherai pas ici.

RODOLPHE. — C'est ce qui te trompe, ma toute belle.

MARIETTE. — Pour cela, non, ou je ne m'appellerai pas Mariette.

RODOLPHE. — Eh bien! appelle-toi Jeanne, et qu'il n'en soit plus parlé. Sais-tu, Mariette, que tu deviens monstrueusement vertueuse? Si cela continue, on te pourra mettre au calendrier comme vierge et martyre. C'est pourtant quelque chose de bien ignoble et de bien rococo que la vertu, et je ne comprends pas à propos de quoi tu t'avises d'en avoir, étant passablement jolie, et n'ayant guère que vingt ans. Laisse la vertu aux vieilles et aux difformes, celles-là seules font bien d'en avoir, et l'on doit les en remercier; mais, avec de beaux yeux comme ceux-ci et une gorge comme celle-là, tu n'as pas le droit d'être vertueuse, et tu aurais mauvaise grâce à vouloir l'être. Allons, mauvaise, jette là ton paquet et ne fais plus la bégueule; embrassons-nous, et soyons bons amis, comme par le passé.

MARIETTE. — Je ne vous embrasserai pas: laissez-moi, monsieur; allez embrasser madame de M***.

RODOLPHE. — J'en viens, et n'ai guère envie d'y retourner.

MARIETTE. — Oh! les hommes, voilà comme ils sont, celle-ci et celle-là, tout leur est bon, et celle qui se trouve au devant de leurs lèvres est toujours la préférée.

RODOLPHE. — Tu philosophes avec une profondeur tout à fait surprenante, et ces hautes réflexions ne seraient pas déplacées dans un opéra-comique. Or, tu te trouves au-devant de ma bouche, donc, je te préfère.

MARIETTE, *laissant aller son paquet et se défen-*

dant faiblement. — Monsieur Rodolphe, je vous en prie, n'allez plus chez madame de M***; c'est une méchante femme.

RODOLPHE. — Tu ne la connais pas, comment peux-tu le savoir?

MARIETTE. — C'est égal, j'en suis sûre; je ne peux pas souffrir cette femme. Oh! n'y allez pas, et je vous aimerai bien.

RODOLPHE. — S'il ne faut que cela, petite, pour te rendre contente, c'est bien facile; mais explique-moi un peu comment cette idée t'est venue d'être jalouse de moi. Voilà assez longtemps que tu es à mon service, et tu ne t'en étais pas encore avisée.

MARIETTE. — Comme vous parlez de cela, monsieur! vous riez, et j'ai la mort dans l'âme. Ah! vous croyez que, pour être votre servante, j'ai cessé d'être femme; si vous avez compté sur cela, vous vous êtes trompé, et bien étrangement. Je sais que cela est bien hardi et bien audacieux à moi de vous aimer, vous, mon maître; mais je vous aime, est-ce ma faute à moi? je ne vous ai pas cherché, au contraire, et j'ai bien pleuré pour venir avec vous. Vous m'avez prise toute jeune à ma vieille mère, et vous m'avez amenée ici : me trouvant jolie, vous n'avez pas dédaigné de me séduire. Cela ne vous a pas été difficile, j'étais isolée, sans défense aucune, vous abusiez de votre ascendant de maître et de ma soumission de serc'est que je vous aime et que je souffre. Si vous avez fait la cour à cette femme, c'est parce qu'elle avait un teint brun et des yeux noirs. J'ai tout cela, Rodolphe, je suis plus jeune qu'elle, et je vous aime plus qu'elle ne peut vous aimer ; car son amour est né dans les rires, et le mien dans les larmes, et cependant vous ne faites pas attention à moi ; pourquoi, parce que je suis votre servante, parce que je veille sur vous nuit et jour, parce ce que je vais au-devant de tous vos désirs, et que je me dérange vingt fois dans une heure pour satisfaire vos moindres caprices. Il est vrai que vous me jetez au bout de l'année quelques pièces d'argent ; mais, croyez-vous que de l'argent puisse dédommager d'une existence détournée au profit d'un autre, et que la pauvre servante n'ait pas besoin d'un peu d'affection pour se consoler de cette vie toute de dévouement et d'amertume? Si j'avais de beaux chapeaux et de belles robes, si j'étais la femme d'un notaire ou d'un agent de change, vous monteriez la garde sous mon balcon, et vous vous estimeriez heureux d'un coup d'œil lancé à travers la persienne.

RODOLPHE. — Je ne suis pas assez platonique pour cela. Je t'aime plus étant ce que tu es, que la plus grande dame de la terre. C'est convenu, tu restes?

MARIETTE. — Et madame de M***, vous savez ce que j'ai dit!

RODOLPHE. — Qu'elle aille au diable! je romp avec elle. (*A part.*) Il y a plus de passion véritable dans cette pauvre fille que dans vingt mijaurées de cette espèce, et d'ailleurs elle est plu jolie.

MARIETTE. — Vous me promettez donc...

RODOLPHE. — Sur tes yeux et ta bouche.

MARIETTE, *avec explosion.* — Je reste!

RODOLPHE. — Çà, notre chambrière, maintenan que vous voilà promue au grade de notre maîtresse en titre, cherchez quelqu'un qui vous remplace et fasse votre ouvrage.

MARIETTE. — Non, Rodolphe, je veux être ic seule avec vous, et d'ailleurs je vous aime tro pour laisser le soin de vous servir à une autre.

RODOLPHE. — Tu es une bonne fille, et je sui un grand sot d'avoir été chercher si loin le tréso que j'avais chez moi. Je t'aime de cœur et d corps, je me sens en humeur tout à fait pastorale et nous allons refaire à nous deux les amours d Daphnis et Chloé. (*Il la prend sur ses genoux, e la berce comme un petit enfant.*)

Intrat ALBERT, *l'homme positif.* — Voilà un groupe qui se compose assez bien ; mais je doute fort qu'il fût du goût de madame de M***, si elle le voyait.

RODOLPHE. — Je voudrais qu'elle le vît.

ALBERT. — Tu ne l'aimes donc plus ?

RODOLPHE. — Est-ce que je l'ai aimée?

ALBERT. — A vrai dire, j'en doute. Et ta passion d'artiste?

RODOLPHE. — Au diable la passion! je courais après elle, elle est venue chez moi.

ALBERT. — C'est toujours ainsi. Je suis charmé de te voir revenu à des sentiments raisonnables. Je vote des remercîments à Mariette pour cette cure importante.

MARIETTE. — Ce n'est pas sans peine, monsieur Albert, que je l'ai opérée.

ALBERT. — Je le crois, le malade était au plus mal : gare les rechutes.

MARIETTE. — Oh! j'en aurai bien soin, soyez tranquille.

RODOLPHE. — N'aie pas peur, ma petite Mariette, tu es trop jolie et trop bonne pour qu'il y ait le moindre danger.

ALBERT. — O mon ami! il faut être bien fou pour sortir de chez soi dans l'espoir de rencontrer la poésie. La poésie n'est pas plus ici que là, elle est en nous. Il y en a qui vont demander des inspirations à tous les sites de la terre, et qui n'aperçoivent pas qu'ils ont à dix lieues de Paris ce qu'ils vont chercher au bout du monde. Combien de magnifiques poëmes se déroulent depuis la mansarde jusqu'à la loge du portier, qui n'auront ni Homère ni Byron! combien d'humbles cœurs se consument en silence, et s'éteignent sans que leur flamme ait rayonné au dehors! que de larmes ont coulé que personne n'a essuyées! que de passions, que de drames que l'on ne connaîtra jamais, que de génies avortés, que de plantes étiolées faute d'air! Cette chambre où nous sommes, toute paisible, toute calme, toute bourgeoise qu'elle est, a peut-être vu autant de péripéties, de tragédies domestiques et de drames intérieurs, qu'il s'en est joué pendant un an à la Porte-Saint-Martin. Des époux, des amants, y ont échangé leur premiers baisers, des jeunes femmes y ont goûté les joies douloureuses de la maternité; des enfants y ont perdu leur vieille mère. On a ri et l'on a pleuré, on a aimé et l'on a été jaloux, on a souffert et l'on a joui, on a râlé et l'on est mort entre ces quatre murs : toute la vie humaine dans quelques pieds. Et les acteurs de tous ces drames, pour n'avoir pas le teint cuivré, un poignard et un nom en *i* ou en *o*, n'en avaient pas moins de colère et d'amour, de vengeance et de haine; et leur cœur, pour ne pas battre sous un pourpoint ou un corselet, n'en battait pas moins fort ni moins vite. Les dénoûments de ces tragédies réelles, pour ne pas être un coup de poignard ou un verre de poison, n'en étaient pas moins pleins de terreurs et de larmes. Je te le dis, ô mon ami, la poésie, toute fille du ciel qu'elle est, n'est pas dédaigneuse des choses les plus humbles; elle quitte volontiers le ciel bleu de l'Orient, et ploie ses ailes dorées au long de son dos pour se venir seoir au chevet de quelque grabat sous une misérable mansarde; elle est comme le Christ, elle aime les pauvres et les simples, et leur dit de venir à elle. La poésie est partout : cette chambre est aussi poétique que le golfe de Baya, Ischia, ou le lac Majeur. ou tout endroit réputé poétique; c'est à toi de trouver le filon et de l'exploiter. Si tu ne le peux pas. demande une place de surnuméraire dans quelque administration. ou fais des articles de critique pour quelque journal. car tu n'es pas poëte, et la muse détourne sa bouche de ton baiser. Regarde. c'est dans ces murs que s'est passée la meilleure partie de ton existence, tu as eu là tes plus beaux rêves, tes visions les plus dorées. Une longue habitude t'en a rendu familiers les coins les plus secrets : tes angles sortants s'adaptent on ne peut mieux avec leurs angles rentrants; et, comme le colimaçon, tu t'emboites parfaitement dans ta coquille. Ces murailles t'aiment et te connaissent, et répètent ta voix ou tes pas plus fidèlement que toute autre; ces meubles sont faits à toi, et tu es fait à eux. Quand tu entres, la bergère te tend amoureusement les bras et meurt d'envie de t'embrasser; les fleurs de ta cheminée s'épanouissent et penchent leur tête vers toi pour te dire bonjour ; la pendule fait carillon, et l'aiguille, toute joyeuse, galope ventre à terre pour arriver à l'heure dont le son vaut pour toi toutes les musiques célestes, à l'heure du dîner ou du déjeuner ; ton lit te sourit discrètement du fond de l'alcôve, et, rougissant de pudeur entre ses rideaux pourprés, semble te dire que tu as vingt ans et que ta maîtresse est belle ; la flamme danse dans l'âtre, les bouilloires bavardent comme des pies, les oiseaux chantent, les chats font ron, ron ; tout prend une voix pour exprimer le contentement, le tilleul du jardin allonge ses branches à travers la jalousie pour te donner la main et te souhaiter la bienvenue ; le soleil vient au-devant de toi par la croisée, et les atomes valsent plus allégrement dans les raies lumineuses. La maison est un corps dont tu es l'âme et à qui tu donnes la vie : tu es le centre de ce microcosme. Pourquoi donc vouloir se déplacer et devenir accessoire lorsqu'on peut être principal ? O Rodolphe ! crois-m'en, jette au feu toutes tes enlumineuses espagnoles ou italiennes. Une plante perd sa saveur à être changée de climat, les pastèques du Midi deviennent des citrouilles dans le Nord, les radis du Nord des raiponces dans le Midi. Ne te transplante pas toi-même, ce n'est que dans le sol natal que l'on peut plonger de puissantes et profondes racines; d'un bon et honnête garçon que tu es, ne cherche pas à devenir un petit misérable bandit, à qui le premier chevrier des Abruzzes donnerait du pied au cul, et qu'il regarderait à juste titre comme un niais. Aime bien Mariette qui t'aime bien, et, sans te soucier si tu as ou non une tournure d'artiste, fais tes vers comme ils te viendront, c'est le plus sage, et tu te feras ainsi une existence d'homme qui, sans être très-dramatique, n'en sera pas moins douce, et te mènera par une route unie et sablée au but inconnu où nous allons tous. Si quelqu'un te fait insulte, bats-toi en duel avec lui; mais ne l'assassine pas à la mode italienne, parce que l'on te guillotinerait immanquablement, ce qui me fâcherait fort, car tu vaux trop, quoique tu sois un grand fou.

En faveur de l'amitié que je te porte, pardonne-moi la longue tartine que je viens de te faire avaler, et sur quoi j'étale depuis une heure les confitures de mon éloquence; passe-moi, en outre, une allumette pour allumer ma pipe, et je te voue une reconnaissance égale au service.

Rodolphe fit ce qu'il demandait, et bientôt un nuage de fumée emplit la chambre. La soirée se passa on ne peut plus joyeusement. Et Albert se retira fort tard.

Mariette, le lendemain, n'eut qu'un lit à faire,

et de nouvelles couleurs commençaient à poindre sur ses joues rondes et potelées.

Et madame de M***, que devint-elle ? Elle avait déjà pris un amant quand Rodolphe la quitta, le tout par crainte d'en manquer.

Et M. de M*** ? Il resta ce qu'il était, c'est-à-dire le plus dernier de M. Paul de Kock qu'il soit possible d'être, si les façons de plus font quelque chose à l'affaire.

Rodolphe et madame de M*** se rencontrèrent quelquefois depuis dans le monde ; ils se traitèrent avec toute la politesse imaginable, et comme des gens qui se connaissent à peine. La belle chose que la civilisation !

Enfin, nous voilà arrivés au bout de cette admirable épopée, je dis épopée avec une intention marquée ; car vous pourriez bien prendre tout ceci pour une histoire libertine, écrite pour l'édification des petites filles.

Il n'en est rien, estimable lecteur. Il y a un mythe très-profond sous cette enveloppe frivole : au cas que vous ne vous en soyez pas aperçu, je vais vous l'expliquer tout au long.

Rodolphe, incertain, flottant, plein de vagues désirs, cherchant le beau et la passion, représente l'âme humaine dans sa jeunesse et son inexpérience ; madame de M*** représente la poésie classique, belle et froide, brillante et fausse, semblable en tout aux statues antiques, déesse sans cœur humain, et à qui rien ne palpite sous ses chairs de marbre, du reste, ouverte à tous, et facile à toucher malgré ses grandes prétentions et tous ses airs de hauteurs; Mariette, c'est la vraie poésie, la poésie sans corset et sans fard, la muse bonne fille, qui convient à l'artiste, qui a des larmes et des rires, qui chante et qui parle, qui remue et palpite, qui vit de la vie humaine, de notre vie à nous, qui se laisse faire à toutes les fantaises et à tous les caprices, et ne fait la petite bouche pour aucun mot, s'il est sublime!

M. de M**, c'est le gros sens commun, la prose bête, la raison butorde de l'épicier; il est marié à la fausse poésie, à la poésie classique : cela devait être. Il est inférieur à sa femme; ceci est un sous-mythe excessivement ingénieux, qui veut dire que M. Casimir Delavigne est inférieur à Racine, qui est la poésie classique incarnée. Il est cocu, M. de M***, cela généralise le type; d'ailleurs, la fausse poésie est accessible à tous, et ce cocuage est tout allégorique.

Albert, qui ramène Rodolphe dans le droit chemin, est la véritable raison, amie intime de la vraie poésie, la prose fine et délicate qui retient par le bout du doigt la poésie qui veut s'envoler de la terre solide du réel dans les espaces nuageux des rêves et des chimères : c'est don Juan qui donne la main à Childe-Harold.

J'espère que voilà une superbe explication à laquelle vous ne vous attendiez guère, garde national de lecteur que vous êtes.

Je ne sais pas, avec tout cela, si l'histoire de Rodolphe sera de votre goût ; mais j'ai assez bonne opinion de vous pour croire qu'en pareille occurrence vous n'eussiez pas hésité entre *celle-ci* et *celle-là*.

FIN.

Paris. — Imp. Simon Raçon et Cie, rue d'Erfurth, 1.

www.ingramcontent.com/pod-product-compliance
Ingram Content Group UK Ltd.
Pitfield, Milton Keynes, MK11 3LW, UK
UKHW020337180726
13839UKWH00002B/756